LEVE-ME COM VOCÊ

As aventuras de um livro viajante

PAUL DESALMAND

LEVE-ME COM VOCÊ

As aventuras de um livro viajante

Tradução de Myriam Campello

OCTAVO

São Paulo 2011

Leve-me com você
As aventuras de um livro viajante
Paul Desalmand

Título original
Le Pilon

Tradução
Myriam Campello

Capa
João Baptista da Costa Aguiar

Ilustração da capa
Frank Reinlie / Getty Images

Preparação
Rosana de Angelo

Revisão
Alexandra Nascimento Resende

Projeto gráfico e editoração eletrônica
Oficina das Letras / Ida Gouveia e Rogério de Moura

Grafia atualizada conforme o Novo Acordo Ortográfico da Língua Portuguesa

Dados Internacionais de Catalogação na Publicação (CIP)
Câmara Brasileira do Livro, SP, Brasil

Desalmand, Paul
Leve-me com você : as aventuras de um livro viajante / Paul Desalmand ; tradução de Myriam Campello. – São Paulo : Octavo, 2011.

Título original: Le pilon
ISBN 978-85-63739-03-2

1. Ficção francesa I. Título

11-00876 CDD-843

Índices para catálogo sistemático: 1. Ficção : Literatura francesa 843

[2011]

EDITORA OCTAVO LTDA.
Rua dos Franceses, 117
01329-010 São Paulo SP
Telefone (11) 3262 3996
www.octavo.com.br

A Jacques Auzoux,
que me deu a ideia para este livro.

SUMÁRIO

Incerteza, ó meu encanto,
Eu e você vamos andando
Como andam os caranguejos,
Recuando, recuando.

Guillaume Apollinaire

1

EU ME APRESENTO

Tinha a impressão de que se o livro continuasse lá,
sem que eu sequer o abrisse, ele começaria
a falar com uma voz inesquecível,
e que talvez à noite ficasse em pé,
adquirisse forma, feição humana...

NICOLE VEDRÈS

O ROMANCE deve começar com uma bofetada e terminar com um soco, diz-me um irmão de papel. Para outro irmão, é absolutamente necessário um cadáver no primeiro capítulo. Os dois equivocam-se sobre o meu projeto. Quero apenas contar minha vida de livro de modo linear. Então, comecei banalmente pelo depósito quando saí da gráfica e prossegui pelas livrarias e bibliotecas pelas quais passei, onde ocorreram longas discussões entre companheiros de estante. Cheguei até a fazer um amigo ali. Meus amigos eram principalmente os meus leitores, já que eu só vivia para eles.

O que escrevo não é um romance e sim um testemunho dos principais acontecimentos da minha vida. *All is true*, como diria Balzac com pedantismo. Minha existência foi agitada. Mesmo assim, se as páginas seguintes mostram algum valor, isso se deve apenas à sua veracidade.

Tenho mais de vinte anos, o que já não é mais a primeira juventude para um livro que batalhou muito, mas estou muito bem conservado. É verdade que já me beneficiei de um *lifting*. A fim de preservar um pouco o mistério, só não falarei de três coisas: o meu autor, o meu título e o nome de meu editor.

Nasci em 17 de junho de 1983, às 16h37, das máquinas de La Manutention, em Mayenne. Formato: 16,5 cm x 12,5 cm. Peso: 230 gramas. Número de páginas: 224. Fonte: Garamond. Corpo: 12. Papel: *bouffant* de 90 gramas. Seis desenhos de Jean Mulatier. Tiragem: 800 exemplares numerados de 1 a 800 e 20 exemplares sobre papel-japão numerados de I a XX, com capa e gravuras originais de Marc Pessin.

Tenho algumas falhas, como em toda edição original que se respeita. Aliás, meu autor dizia tê-las colocado ali deliberadamente. Muito poucas cesuras. Não uma obra de luxo, mas muito mais cuidada do que as habituais brochuras. Tenho na lombada uma cicatriz comprida pouco visível cuja história vou contar. Minha capa é muito bem-sucedida. Ela desempenhou um papel importante em minha existência e pelo menos uma vez me salvou a vida.

A única coisa que me aborrece é o código de barras, que acho grande demais. Tenho a impressão de ficar parecido com um queijo *camembert*. Esse código de barras é um sinal dos tempos. Tudo é classificado, ordenado. Mais do que aquele que o possui, o burocrata é aquele quem o classifica. Às vezes fico triste com essa ideia de coisificação do livro, com a perda do sagrado e, ao mesmo tempo, digo a mim mesmo que participo de um grande movimento com o qual talvez não seja preciso entristecer.

No passado, não se era muito econômico em relação à vida humana, mas com os objetos sim. Às vezes os livros ficavam presos à parede ou a uma mesa por correntes. Um iluminador podia dedicar um ano à ilustração de uma obra. Hoje, pelo menos em nossa parte do mundo, a vida tem um grande preço, mas os objetos são descartáveis. Mesmo gente que nunca se desfazia de um livro passou a fazê-lo, desde o aparecimento dos exemplares a dois euros. Os editores, estreitamente sintonizados com a atualidade e que tratam o livro como uma revista, também contribuem para o fenômeno.

Aliás, o relato de minhas aventuras e desventuras mostra que, apesar dos códigos de barras e outras classificações internacionais, eu fui amado, amei, conheci livreiros e leitores felizes. Ao lado de inúmeras forças que tendem a fazer da humanidade um formigueiro, existem forças contrárias que impedem a morte da inteligência e do imprevisível. O livro está entre elas.

Seja lá o que me possa acontecer, penso que minha vida foi bem-sucedida porque fui lido.

2

O DEPÓSITO

Abandonamos com mais boa vontade o manuscrito
à roedora crítica dos camundongos
quando atingimos
nosso objetivo principal:
ver com clareza dentro de nós mesmos.
KARL MARX

NÃO VI A LUZ por muito tempo. Logo que fiquei pronto, foi o tempo de secar e encontrei-me numa caixa de papelão em companhia de quarenta e nove clones. Noite e silêncio. Meu editor determinou que eu fosse impresso em junho para só me pôr nas livrarias em setembro. Pelo menos foi o que entendi da explicação que deram. Então aqui houve uma primeira falha. O autor, que obteve uns vinte exemplares, enviou-os aos jornais. *Le Canard enchaîné* falou magnificamente de meu clone, tão bem que os compradores potenciais se precipitaram para as livrarias. Mas como esse editor não faz anúncios, os livreiros nem sabem o que acontece. Quando o livro ficar disponível a febre terá cessado.

E eu vou ficar três meses neste hangar superaquecido com um calor que, segundo a meteorologia, promete durar. Debaixo das chapas de metal deve fazer bem uns 50°C. Na minha embalagem de plástico termorretrátil, chego perto dos 70°C. Sem dúvida meu editor pode ser classificado de burro. O que me aborrece: quando voltar a ver a luz, se é que algum dia vou vê-la, não terei mais cheiro de nada. Alguns leitores gostam muito do cheiro do livro recém-impresso. Dizem que gostam do odor da tinta, que na verdade é o da cola. Não tem importância. Eles fantasiam. Um livro só tem cheiro quando é muito jovem ou quando já tem idade.

Quando oferecem um volume a um livreiro dos antigos da rue de Rome, ele primeiramente cheira a beira da lombada da encadernação, para espanto do interlocutor. Com isso, o livreiro deduz imediatamente se o volume ficou numa granja, numa adega, perto de uma cozinha, numa casa próxima ao mar, se pertenceu a um homem, a uma mulher, e até se foi restaurado quimicamente.

Meu editor não é um bom comerciante, mas é um homem do papel, coisa cada vez mais rara. Ele recrutou Cédric Malécot como encarregado do projeto gráfico, mesmo que esse jovem técnico passe o dobro do tempo normal na preparação de um livro. Cédric providencia o colofão sutil, fica atento aos cortes de palavras no fim das linhas, escolhe o caracter tipográfico e corpo em harmonia com a proposta do livro.

Eu não me queixo. Poderia ser muito pior. Meu editor é um pai, mas um pai negligente, do tipo que só se interessa pelo filho depois, se ele for brilhante. Meu verdadeiro pai é Cédric, que é uma espécie de ama de leite a quem devo tudo. A partir do momento em que o leitor percorrer minhas páginas, a não ser que seja um tosco, verá que um artesão consciencioso e dotado presidiu ao meu destino. Para os profanos isso não tem importância; só o conteúdo importa. Opinião de ignorante. Tudo se leva em conta. O vinho de uma safra excepcional num vidro de mostarda na realidade não é a mesma coisa.

Cédric não se encarregou da capa, mas acompanhou o trabalho de Brice Beauprêtre, outro homem adorável em seu gênero. Este vermelho vivo e o jogo com o cinzento foram especialmente bem-sucedidos. É preciso desconfiar do branco. Não do branco amenizado ou do creme. Do verdadeiro branco.

Se eu fosse o fabricante responsável por isso, dedicaria todos os meus esforços em encontrar para as capas um branco que continuasse branco, que não se tornasse cinzento com o tempo, denunciando a idade. Mas não sou. Estou na minha caixa de papelão superaquecida e obscura, num depósito na periferia de Paris, em companhia de várias dezenas de milhões de confrades. Bem, de confrades inimigos, pois cada qual precisa conquistar seu lugar em detrimento dos outros.

Noite e torpor. E, de algum tempo para cá, uma surda ansiedade. No início, a ausência de luz e ruídos impediam-me de distinguir entre o dia e a noite, como um espeleólogo enfiado nas entranhas da terra. Agora, porém, em horas regulares, inicia-se um ruído de mordiscar. Como os camundongos conseguiram penetrar nesse depósito ultramoderno? Não sei. Simplesmente estão aí. Graças a eles, que parecem começar o batente ao cair da noite e só param pela manhã, consigo contar os dias que me separam de minha presença nas livrarias. Tenho medo. Dizem que não há nada pior para o livro que o descarte. Isso é uma meia-verdade. O livro que vai para o descarte torna a ver a luz. Até o momento final, conserva também uma última esperança: por exemplo, a de cair do caminhão. Esperança mínima, mas mesmo assim esperança.

Além disso, não é uma morte exatamente limpa, porque essa não existe, mas tem o mérito de ser rápida. Não, o mais triste é nunca sair da caixa, ser lentamente roído por camundongos ou ratos. Tortura interminável, como um câncer vagaroso. Você é comido longa e imperturbavelmente. Eu sei, resta a esperança, quando já não há mais nada além dela. Entretanto ali não existe mais nada mesmo. Você sabe que em breve será reduzido a algumas fezes, varridas a seguir.

Nas primeiras vezes os mordiscadores parecem poucos e distantes. Mas vão se aproximando, parecendo cada vez mais numerosos. Talvez seja exagero meu. Se for, eles são apenas algumas dezenas; no entanto, à noite, no depósito, sua agitação ecoa como a de um exército. O lado implacável com o fundo de silêncio é terrível. Eles começam num exato momento, bruscamente, e não param mais. Infatigáveis. Até que em outro momento, seis ou sete horas depois, param também bruscamente.

Tenho medo. Mas ao mesmo tempo prefiro esta ansiedade – pelo menos estou vivo – ao estado comatoso que a precedeu. Acho que vou escapar deles, que vou encontrar meus leitores. Tenho medo. Então falo. Não paro de falar com meus vizinhos, que são de pouca conversa, e comigo mesmo.

Segundo meus cálculos, devemos estar em meados de agosto. Em um mês, a libertação! Reunamos as forças. Concentremos as energias. O pior ainda está por vir. Quem será esse primeiro leitor que me pegará da pilha, me sopesará, dará uma espiada na quarta capa, folheará algumas páginas, me colocará de novo no lugar, me pegará novamente e irá até o fim da transação?

Mas o principal é não morrer assim! Tendo tido o tempo de esperar uma verdadeira vida para constatar rapidamente que se está entalado para sempre, encafifado na obscuridade, sem nunca sair da sombra, morrendo languidamente como os que dormem na neve e não despertam. Vivendo por muito tempo, mas sem ter vivido. É o destino da maioria, eu sei, mas não sou a maioria, quero ser devorado no bom sentido do termo.

3

MINHA PRIMEIRA LIVRARIA

A esperança reluz
como uma palha no estábulo.
PAUL VERLAINE

FINALMENTE! Os camundongos tinham terminado seu mordiscar quando as portas do depósito se abriram com estrépito. O silêncio deu lugar ao ruído ensurdecedor, a imobilidade cedeu à agitação. Senti-me bruscamente sacudido, transportado sem dúvida num carrinho, projetado sem-cerimônia num caminhão que me levou a um novo depósito, depois embarcado num trem, em outro caminhão, outro depósito, um carro particular – pelo que entendi –, e finalmente cheguei à livraria Dunoc em Métagna, perto de Pézenas. Que bom! Vou encontrar meu leitor.

Ao menos é o que digo a mim mesmo, porque continuo na sombra. As caixas eram guardadas no fundo da livraria, e assim eu conseguia ouvir o que ocorria. Às vezes era engraçado. De qualquer modo, mais divertido que o depósito em plena canícula. Eu sentia até um pouco de frio na loja climatizada de agora. Os dias passavam-se e eu continuava em minha caixa de papelão, de orelhas em pé. A atividade da livraria possibilitava-me contar os dias. Houve bons momentos e alguns outros um pouco tristes. No gênero tragicômico, uma sessão de autógrafos.

O livreiro Octave Dunoc tinha um faro de ouro. Confiava em seu tino comercial e estava certo de poder vender qualquer coisa. Assim, decidiu ajudar um amigo de colégio que publicara um livro sobre Espinosa nas Éditions du Vent, uma editora que flertava com publicações financiadas pelo autor. Dunoc organizou uma sessão de autógrafos, convencendo o autor a deslocar-se de Paris até lá, assegurando-lhe que era possível vender tudo. Bastava saber como fazê-lo para concretizar o negócio. A comunicação repousava em astúcias infalíveis.

Lembro do fato com exatidão porque sofri por esse autor com quem me identificara totalmente. Quando a empatia nos conquista, não há jeito! Era seu primeiro livro e seu primeiro encontro com o público. Embora não fosse mais tão jovem, editorialmente tinha a alma de um garoto. A máquina de sonhos funcionava nele com intensidade. A multidão. As admiradoras. As pessoas importantes que o convidariam. Os jornais do dia seguinte. Sua aptidão para o cálculo mental fê-lo construir fortunas imaginárias. Sua mulher enfim o levaria a sério. Finalmente ele poderia presentear as filhas e pagar seu corretor. Poderia... Não aconteceu coisa alguma. Ninguém apareceu, nem um gato-pingado. Uma hora depois, chegou uma mulher com os saltos ressoando no piso, e dirigiu-se a ele.

– O senhor tem apontador de lápis?

Mais duas horas se passaram. Tinha-se a impressão de que o trabalho de divulgação produzira o efeito contrário, pois geralmente havia algumas pessoas ali nas tardes de sábado. Na realidade, uma partida de *rugby* grudara os homens à televisão, enquanto uma festa de escola afastara as mães. O autor começou a resmungar, sentiu o início de uma crise de asma. Eu me senti mal por ele. Duas garotas entraram conversando. Octave Dunoc precipitou-se para elas e perguntou o que desejavam.

– Eu queria um livro para o meu pai. É dia dos pais. Mas não sei que livro...

– Como é o nome de seu pai?

– Patrick.

– Patrick de quê?

– Patrick Klotz.

– Seu presente está aqui. Acabamos de receber um belíssimo livro sobre Espinosa. E o autor pode fazer uma dedicatória. Seu pai talvez não tenha lido Espinosa, mas este livro lhe dará vontade de ler.

– Está bem.

E foi assim que a menina deixou a livraria levando sob o braço *A análise espectral do discurso complexo sobre a ontologia* de Espinosa, um calhamaço de seiscentas páginas embrulhado em papel florido, enfeitado com uma fita que a empacotadora não economizou.

Para surpresa do livreiro, o autor não ficou especialmente contente. O caso terminou até em briga. O espinosista patenteado teve que chamar um táxi para transportar suas caixas à estação de Pézenas. Até o bilhete do trem ficou por sua conta. Eu gostaria muito de saber a versão do episódio que ele contou à própria mulher.

Ouve-se de tudo numa livraria, como diante de um quadro. Numa frase engraçada, dois estudantes do ensino fundamental que não se lembravam mais do título do livro recomendado pelo professor: "Eu acho que é A princesa de Crepes" [referindo-se ao romance *A princesa de Clèves*]. E alunos do ensino médio, com uma lista da qual deviam escolher dois livros, perguntaram: "A senhora pode nos informar qual dos dois tem menos páginas?". Seguindo a mesma linha, a mãe de um garoto prestes a comprar *O vermelho e o negro*, recomendado pelo professor, convence o filho a mudar de ideia: "Olha só a grossura dele. Você nunca vai ler isso!".

Só escutando para acreditar. De minha caixa, ouço um cavalheiro que imagino ser condecorado e pessoa importante do lugar: "Eu gostaria de um exemplar de *Madame Bovary,* mas uma edição do século XVIII". Furioso quando lhe dizem que o romance tinha sido escrito no século XIX, ele responde: "Em vez de ficar tagarelando, diga simplesmente que o senhor não tem o livro. Vou procurar em outro lugar!". Ele deve contar como os italianos, para quem o século XIX é o *ottocento.* Há também os que querem *Madame de Bovary,* atribuindo-lhe uma aristocracia cuja falta lhe causou a própria morte. Ou pedem *Madame Bovary* de Balzac.

Fiquei por três meses na caixa de papelão. Parti de volta para o sul enviado automaticamente do livreiro ao editor. Um livro é faturado, mas pagável só quando for vendido. O livreiro pode vendê-lo rapidamente, o que corresponde aos objetivos do editor. Se o livreiro não vender o livro, pode devolvê-lo (as famosas "devoluções"). O prazo para devolução varia, mas na época era de três meses. Geralmente é depois disso que o prazo de pagamento se esgota e o livreiro devolve o livro ao editor.

Segundo minhas contas e deduções, tinham-se passado exatamente três meses. Limitava-me a escutar, já que a caixa de papelão não fora aberta e eu ficava no escuro, sem sair, nos depósitos de um imbecil em Métagna, bairro de Pézenas. No nonagésimo dia eu o escutei urrar:

– Enchi o saco dessas consignações! Estamos invadidos por toneladas de merda! Devolva tudo!

Tornei a ir embora sem ver a luz – caminhões, trem, transportes diversos – para o meu local de partida, o grande subúrbio sul de Paris. Meu destino estava selado. Um livro "devolvido", a não ser que entre na categoria dos "livros bonitos", está condenado ao descarte. Os livros belos são restaurados por especialistas, artistas de fato, mas para os outros volumes o veredicto é implacável. Descarte!

4

SALVO POR UM BANDIDO

Eu faria disso um romance
onde haveria um bandido,
um assassino, ladrão, incendiário e corsário,
e que terminaria com a seguinte frase:
"E à sombra das árvores que plantei,
rodeado de uma família que me venera,
de filhos que me amam
e de uma mulher que me adora,
gozo em paz o fruto de todos os meus crimes".

CHARLES BAUDELAIRE

O DESCARTE é a parte vergonhosa da edição. A prova? As visitas ali são proibidas. Explicam gentilmente que o motivo é administrar a suscetibilidade dos editores e autores. Como se os editores não soubessem quais títulos mandam para a destruição, e como se os autores não soubessem que sua obra-prima não correspondeu às esperanças nela colocadas. Na realidade, triturar a cada ano mais de cem milhões de livros dos quinhentos milhões produzidos, ou seja, mais de um quinto da produção, não é muito glorioso. Os responsáveis preferem cobrir a carnificina com um véu de pudor.

Nas nossas conversas noturnas entre livros, o descarte era o tema que mais surgia. Muitos consideravam esse fim como o mais ignominioso de todos. Segundo os que conheciam o processo (muitas vezes me perguntei como), a máquina é ao mesmo tempo impressionante e banal. Funciona como uma trituradora de escritório, ou como um caminhão de lixo. Só mudam as dimensões. A máquina de destruir livros é tão alta quanto um prédio de cinco andares e faz decididamente mais barulho.

O princípio é extremamente simples. O distribuidor faz com que os livros fiquem invendáveis, compactando-os e às vezes lhes passando azul de metileno. Uma empresa vai pegar os livros. Tais livros, ou o que resta deles, são em seguida encaminhados a uma esteira rolante e caem num bocal, dali desaparecendo para sempre. Pode ocorrer que livros vindos de uma biblioteca, de um acervo de livraria ou de um pequeno editor não sejam compactados. O resultado é sempre o mesmo. A morte. E a reciclagem para fazer livros que talvez um dia sejam novamente engolidos pela máquina. A roda da economia gira. À sua maneira, o livro reencarna.

No caminhão que em princípio me conduzia a meu destino, assim como nos caminhões que o tinham antecedido, empilhavam-se também documentos administrativos. Para ser exato, 165 mil exemplares da Constituição europeia. Sim, você entendeu bem: 165 mil. O funcionário encarregado dessa impressão não se deu ao trabalho de verificar o que saía da máquina. Ora, todos os exemplares traziam uma página onde estava escrito: TEXTO INCOERENTE! Quem escrevera isso? Nunca se saberá. Esse aviso estranhamente não aparecia nas telas dos computadores. Com as primeiras remessas, houve reações que revelaram a amplitude do desastre.

Resultado: à custa do contribuinte, precisaram destruir cinquenta toneladas de papel e, sempre à custa do pagador otário, tiveram que reimprimir tudo. Para grande prazer do dono da gráfica. O departamento responsável por essa gastança está diretamente ligado ao Ministério do Interior.

Havia motivo de revolta, mas a proximidade da morte relativiza os problemas. Ora, para mim, o destino estava selado. Meu editor dera instruções simples: todos os exemplares devolvidos iam para o descarte. Não era muito lógico diante da pequenez dessas tiragens, mas o ramo da edição tem às vezes uma lógica que a própria lógica desconhece.

Fui salvo graças a circunstâncias inesperadas. Para não comprometer aqueles que me informaram, terei que ser vago quanto ao método. Lamento muito, pois o procedimento era saboroso e de uma inteligência diabólica. Criara-se nesse centro de distribuição uma espécie de máfia que devolvia carregamentos inteiros de livros que, em princípio, deveriam ser descartados. Graças a um mecanismo complexo, eles eram repostos no circuito, e tão bem que o livreiro que os comprava o fazia de boa-fé.

Atualmente, o chefe desse bando ao qual devo a vida já se retirou dos "negócios". Instalou-se na província, cidadão importante e respeitado, rodeado por uma família amorosa, vivendo pacificamente do resultado de suas rapinas.

Em outras circunstâncias talvez eu tivesse protestado contra tais métodos, mas evitei fazer isso, e pode-se imaginar por quê. Ao menos uma vez o ditado "Há males que vêm para bem" mostrava-se verdadeiro, e eu não ia me queixar disso. Duas semanas depois de escapar da tritura, ainda em estado de novo, vi-me uma outra vez numa caixa de papelão e partindo para o sul.

O destino determinou que, muito mais tarde, desta vez já sem o aspecto de novo, eu me encontrasse na esteira rolante indo em direção à mesma trituradora, encaminhando-me para a garganta fatal. Mas essa é outra história.

5

UMA LIVRARIA DE SONHO

Se um homem sabe fazer o melhor sermão,
escrever a melhor história ou construir a
melhor ratoeira,
pode morar no meio do bosque:
a multidão de visitantes achará
um atalho para sua porta.
RALPH WALDO EMERSON

DEPOIS DE MINHAS atribulações, encontrei-me na livraria Préférences, de Pierre Landry, na rue Riche, 12, em Tulle, perto da catedral. A diferença entre essa livraria e o comerciante de papel de Métagna é tão grande que, num romance, uma guinada drástica assim poderia ser considerada inverossímil. Pierre é natural de Quebec, nada comum, radicado em Tulle desde os dezessete anos, livreiro há dez. Sua loja deve o nome ao título de uma coletânea de ensaios de Julien Gracq. Quando um livro agrada a Pierre, às vezes ele encomenda cem exemplares de uma só vez. Eu estava sob uma grande pilha, o que me valeu uma estada de vários meses em sua casa, do que não me queixo. Sua livraria é um lugar mágico onde todos os dias acontece alguma coisa. Funciona de modo incomum. A loja abre 365 dias por ano (366 nos anos bissextos) das 9 às 19h30, sem interrupção. Horário tão surpreendente que, na maioria das vezes, o cliente nem nota. É preciso que volte lá três vezes para perceber que a loja abre todos os dias.

Pierre ama os livros e escolhe-os unicamente por gosto, o que não o impede, evidentemente, de aceitar encomendas. Em oito anos de atividade, jamais aceitou uma consignação ou fez uma devolução. Mantém dez mil livros à disposição do cliente. Não lê todos, mas confia nas suas escolhas, e os que compra procura ler rapidamente. Um livreiro que lê e não um livreiro que se contenta apenas em vender. Ele chega mesmo a dar os lançamentos. Durante minha estada, exemplares de *Grande sertão: veredas*, do escritor brasileiro João Guimarães Rosa, um romance extremamente fascinante segundo Pierre, foram tanto distribuídos quanto vendidos pelo livreiro.

As pessoas de bom-senso tentam provar, com argumentos infalíveis, que uma livraria desse tipo vai inexoravelmente à falência. E no entanto ela continua. Pierre não vende os livros que estão na moda. Mantém em estoque os dezoito títulos de Gracq publicados por Corti, aos quais se juntam os da Pléiade, da Gallimard. René Char é sempre honrado. Faulkner é confirmado como um grande. A prateleira de poesia é bem guarnecida. Muita gente ilustre: Borges, Tolstói (*Guerra e paz*), Jacques Roumain (*Os donos do orvalho*), Cormac McCarthy,

Octavio Paz, Ibn Khaldûn (*Le livre des exemples*), Leopardi (*Zibaldone*), Bohumil Hrabal (*Les noces dans la maison*), Salinger, Pierre Michon (*Vidas minúsculas*), Georges Perros, Varlam Chalamov e muitos outros que eu tinha orgulho de frequentar. Em suma, Pierre não é do tipo do livreiro de uma cidade vizinha que, quando um cliente perguntou se tinha a obra de Char publicada pela coleção Pléiade, respondeu: "Quem é esse?"

Pierre Landry é tão pouco comum que chegou a ser o responsável pela reedição de um livro. Tinham-lhe oferecido *Les coups,* de Jean Meckert, da Pauvert. O livro, agora esgotado, agradou tanto a Landry que ele disse à representante da Gallimard para os livros de bolso: "Explique a seus chefes que há um louco em Tulle que aceitaria mil exemplares dele se vocês o publicassem como livro de bolso." A bela Isabelle leu-o, convenceu-se e, defendendo o título com unhas e dentes, conseguiu convencer o diretor da coleção. O livro atualmente é publicado pela Folio, a coleção de bolso da Gallimard, e Pierre possivelmente tem a ver com isso. Vendeu várias centenas dele.

Essa pequena grande livraria é um local de convívio para conhecedores. Pierre oferece-lhes chá, café ou um copo de *Bordeaux*, à escolha. O leitor flana, debate. Uma espécie de minicentro cultural onde, de tempos em tempos, um escritor encontra seus fiéis. Passei ali dias maravilhosos e retomei a confiança. Eu não diria que o livro é sacralizado, objeto de um culto. Não. É apenas amado. Isso basta. Ele é percebido, inicialmente, como algo para ser lido. A propósito, Pierre constatou um fato bizarro. Há clientes – a palavra certa não é bem essa, tão comercial – há pessoas que compram ao mesmo tempo um livro de bolso da Folio e um volume da Pléiade. É o caso de *Bela do senhor*, de Albert Cohen, e *O vermelho e o negro*, de Stendhal, por exemplo. Um volume para ler e outro – não por ostentação, o que não se aplica a esse tipo de comprador – pelo prazer de possuir um belo livro.

Pierre não considera as FNACs ou outras redes de livrarias um perigo para os bons livreiros. É outra coisa. Para ele, o preço único serviu sobretudo à grande distribuição. Seu abandono brutal seria uma catástrofe, mas um livreiro competente, defendendo determinada linha, pode muito bem viver à sombra de uma FNAC e até se beneficiar com sua presença. Em seu enfoque, chega até a afirmar que o abandono do preço fixo não prejudicará realmente os pequenos livreiros que trabalham com qualidade. Eu o ouvi dizer muitas vezes que não faltavam leitores, mas sim bons livreiros.

Os leitores às vezes deslocam-se cem quilômetros para passar uma ou duas horas nesse pequeno espaço onde o espírito suspira. Existem mesmo os da periferia de Paris, que vêm à livraria três ou quatro vezes por ano para se reabastecer. Um local íntimo. Feito para os *happy few*.

Na catedral de Tulle, segundo um turista de passagem, à direita da entrada encontra-se um quadro curioso. Uma virgem esmaga com o pé direito uma serpente que não parece apreciar a coisa. Esse quadro, em parte escondido por uma estátua, provocou interpretações diferentes. Divirto-me em adivinhar nele uma visão antecipada da atitude de Pierre Landry e sua maneira de pôr no devido lugar os *best-sellers*. Não tenho certeza se tal interpretação lhe é conveniente. Pois de certo modo Landry não dá a mínima para todo esse universo comercial dos livros. Contenta-se em fazer outra coisa e provar que assim funciona.

6

O ESCRITOR NAS LIVRARIAS

Continue acolhedor.
Você não se verá morrer.

René Char

Continuamos na livraria Préférences, em Tulle. Reconstituo a cena a partir do que ouvi e do que Pierre contou em seguida. Entrou na livraria um homem frágil e admirável, um velho leão, mas ainda ardente. Ele vagueia por ali, aceita um café e depois pergunta timidamente: "Será que o senhor teria *Si l'Argentine est un roman*, de Arnaldo Calveyra?". Resposta afirmativa. Segue-se o debate. Ao final de um momento, o velho, apertando o livro contra o peito, fala com os olhos marejados: "Obrigado!". E depois de algum tempo diz, "Sou eu!".

Do fundo de seu exílio, ter encontrado sua obra na pequena livraria de uma cidadezinha da França emocionou-o tremendamente. Mal tem tempo de se recuperar quando Pierre lhe traz o

Journal du dératiseur, Le lit d'Aurélia, Le livre du miroir, L'Éclipse de La Balle, L'Origine de la lumière, Maïs en grégorien, Anthologie personelle, L'Homme du Luxembourg e *Iguana, Iguana*. Todos os seus livros traduzidos em francês, publicados por Actes Sud com a ajuda do Centre National des Lettres.

Pierre explicou que o encontrara graças a Borges. Naquela mesma manhã, havia falado com uma amiga, Hélène, e citara-lhe algumas linhas tiradas de *O tamanho da minha esperança*: "*Bénie sois-tu, espérance...*". Arnaldo Calveyra retoma em espanhol:

– *Bendita seas, esperanza, memoria del futuro, olorcito de lo porvenir, palote de Dios!*

– Bendita sejas, esperança, memória do futuro, perfume leve do amanhã, muleta de Deus!

Várias vezes ouvi Pierre dizer: "Não há semana em que não haja felicidade". Naquele dia, no tema felicidade buscada e felicidade sentida espontaneamente, ele atingiu o auge. Depois desse encontro, eu o ouvi acrescentar: "Está fazendo um belo frio. É uma alegria que me vai aquecer o inverno inteiro".

O escritor que entra numa livraria não resiste ao desejo de ter como referência seu próprio livro nas prateleiras. Ocorre às vezes que ele o coloque em evidência, ou até torne invisível e impossível de se encontrar o livro de um concorrente de quem não goste. Se não conseguir ver pelo menos um de seus títulos, é raro que resista à tentação de perguntar: "Será que você tem...". O vendedor geralmente não se engana. Ouvi um livreiro responder a um jornalista que o interrogava sobre isso: “Reconhecemos os autores imediatamente. Demonstram tal ansiedade na voz que logo os reconhecemos”.

Há casos em que a situação pode ficar engraçada. Um escritor ia visitar a mãe. Como não tivesse mais exemplares de seu último livro, resolveu comprá-lo numa livraria pelo caminho. Sem dizer quem era, pediu um determinado livro que lhe fora recomendado para presentear uma senhora. O vendedor explicou que, para uma pessoa idosa, o livro em questão era um pouco complicado, etc., etc., tentando impingir-lhe um *best-seller* da moda. Resumindo: o negócio acabou em pugilato.

Mas voltemos ao nosso Arnaldo Calveyra saindo da livraria Préférences radiante de alegria. Quem melhor do que um livro pode estabelecer vínculos entre os homens, entre os continentes? Agora, para romper com a sinistrose ambiente, não seria bom falar um pouco mais sobre o papel do escritor, do editor, do livreiro, e do livro, que é simplesmente o de proporcionar felicidade?

Eu me sentia bem nessa livraria. E, ao mesmo tempo, tinha vontade de encontrar meu primeiro leitor. Como eu fazia parte dos livros que Pierre folheava, cheguei finalmente ao alto da pilha. Então rapidamente encontrei um comprador e deixei a rue Riche. Muitas vezes senti falta dessas horas em que ouvia falar dos livros de forma tão bonita. Uma dessas discussões durou sete horas. Até se esqueceram de comer. Maravilhoso. Claro que, depois de sete horas, você tem vontade de mudar de assunto, falar sobre peixes. Pierre sabe muito sobre trutas e tudo sobre o salmão.

7

O VELHO DA PERNA DE PAU

Então ele desembolsou trezentos francos
por uma perna de pau
que resolvera dar a Hippolyte.
Esse dispositivo era guarnecido de cortiça,
e tinha articulações de mola,
um mecanismo complexo
recoberto por uma calça preta
que terminava numa botina envernizada.

GUSTAVE FLAUBERT

AINDA NOVO em folha, fui comprado pela primeira vez por um senhor idoso de uma perna só que morava em Montmartre, estando em Tulle para resolver uma questão de herança. Com algumas horas livres, ele passeou em volta da catedral e viu-se na livraria de Pierre Landry, de onde saiu feliz e sobraçando um punhado de bons livros. Depois da bonitinha, é o leitor de quem guardo a melhor lembrança.

Em seu bairro, era chamado de senhor Germain. No passado, foi um grande campeão de esqui. Durante um treinamento, à saída de uma protuberância do terreno, chocou-se violentamente, a 150 quilômetros por hora, com um compactador de neve que não devia estar ali. Foi impossível evitar a amputação. Interrogado pela France Inter, ele respondera com uma bela frase de Nietzsche: "O que não nos mata nos torna mais fortes". Durante três dias, as rádios repetiram tanto essa resposta que ela rapidamente se tornou um bordão.

A associação a que pertencia ofereceu-lhe uma perna articulada ultramoderna, uma pequena maravilha da técnica. Podia-se praticar alpinismo com ela. Mas seu dono logo se cansou do objeto que ganhara; numa loja de segunda mão, comprou uma perna de pau à antiga, cuja biqueira de borracha em mau estado chocava-se contra a calçada.

O senhor Germain renunciara à atividade física, ao desejo de agradar e até de desagradar, para voltar-se inteiramente à literatura. O que recebia do seguro lhe permitia ser dono de seu tempo. Escrevia pouco, apenas poemas nas páginas de guarda, e a lápis, para poderem ser apagados. A ideia de publicá-los jamais lhe tinha ocorrido. Às vezes chegava a pensar que a perda de sua perna, já no túmulo, fora uma desgraça apenas em parte.

Comprava muitos livros, novos ou de segunda mão, mas distinguia nitidamente os livros para guardar e os livros para passar adiante. Tive a sorte de estar dentre os primeiros, que ele relia mais do que lia. Com frequência dizia aos amigos que o visitavam que um bom livro é aquele que se pode reler cem vezes sem o esgotar. Nenhuma mulher na casa dele. Vivia só. Talvez tivesse aventuras fora, mas não tenho informação sobre isso.

Com mais de setenta anos, às vezes acordava com uma ereção e ficava aborrecido com isso. Desejava estar além do desejo e, ao mesmo tempo, tinha a sensação de que isso era utópico. O pobre Orígenes cortara os órgãos genitais para atingir esse resultado, partindo do princípio de que "Para viver feliz, vivamos castrados". Inutilmente. Esse cristão dos primeiros tempos compreendeu, mas um pouco tarde, que isso está na cabeça. Quando se tocava nessas questões, o senhor Germain gostava de contar uma anedota. Quando perguntavam à princesa Metternich:

– Segundo a senhora, com que idade a mulher deixa de sentir os tormentos da carne?

– Não sei – disse ela –, tenho apenas sessenta e cinco anos.

Vivemos quase conjugalmente durante três anos. Às vezes ele me tirava da prateleira e se sentava diante de Paris – morava num apartamento bem no alto da Butte Montmartre, debruçado sobre a cidade. Gostava de ficar ali, parando de ler por momentos para olhar os telhados e imaginar os milhares de destinos que se imbricavam ali, os jovens incertos quanto a seu futuro, os velhos certos demais quanto ao deles, os que se amavam, morriam, calculavam, roubavam, matavam talvez.

Ouvindo chegar o clamor das buzinas ao balcão, o senhor Germain às vezes recitava Lucrécio:

Suave mari magno, turbantibus æquora ventis,
e terra magnum alterius spectare laborem;
non quia vexari quemquam est jucunda voluptas,
sed quibus ipse malis careas quia cernere suave est.

[É doce quando no vasto mar o vento agita as ondas,
Contemplar da terra o desalento de outrem.
Não que seja fruição agradável o sofrimento alheio,
E sim porque é doce ver de que males escapamos.]

Passávamos bons momentos e então ele me recolocava na estante. Sempre no mesmo lugar. Orgulho-me por ter sido o último sobre o qual escreveu um poema, alguns meses antes de morrer. Guardei o texto desse poema na memória por motivos que o leitor mais tarde entenderá.

NADA MAIS QUE AS PALAVRAS

Tenho apenas palavras
Todo o resto foi lançado ao mar
As palavras são minha reserva, munição, vigia,
estrela polar, farol no nevoeiro
Elas me bastam para avançar
E me aquecem.

Tenho apenas palavras
Que combino e faço colidir
Enquanto a barca deriva para uma enseada obscura
Que misturo e remisturo
Com a secreta esperança de que aqueçam um dia o
coração de outros homens
Leve, aliviado de peso
Com apenas palavras como companheiras

A morte pode vir
Não há mais o que levar.

Os herdeiros, primos distantes, venderam rapidamente o apartamento e, sem darem-se ao trabalho de examinar a biblioteca, desfizeram-se dela. Foi comprada por Veyrier, livreiro de um sebo de Clignancourt-Saint-Ouen, que tem o grande mérito de classificar por rubrica e ordem alfabética os livros que oferece.

8

CONVERSA NUM SEBO

Tenho sede de uma conversa
que não seja uma cerimônia.

STENDHAL

QUANDO CHEGA a noite em nossas prateleiras, silenciosas durante o dia, inicia-se um murmúrio confuso de mil conversas que só param ao alvorecer. Tagarelamos com frequência, mas às vezes acontece de o debate esquentar, como dizem na televisão. Às vezes nos fixamos num tema. É raro que nos consigamos manter nele, como marinheiros que se perdem em pleno mar. Lembro-me de uma noite, exatamente na loja de Veyrier, onde questionamos novamente a fórmula de que as palavras passam, mas os textos permanecem. Evocamos os inúmeros livros destruídos para sempre e as tradições orais que se mantêm há séculos. Mesmo as religiões do Livro se originam de uma longa tradição oral, quer se trate do Torá, da Bíblia, do Corão ou dos Vedas. Falou-se também do papel que se transforma em pó, da tinta que se apaga, mas o tema foi logo abandonado porque cada qual tinha vontade de se voltar a seu destino pessoal.

Uma *Cartuxa de Parma* desolava-se por ter tido apenas um leitor e por esse ter levado muito mais tempo para ler o romance do que Stendhal para ditá-lo. Cinquenta e três dias, como se sabe. Uma *Náusea* editada na coleção Blanche, da Gallimard, respondera-lhe:

– Não se queixe, ele foi até o final. Se eu lhe contasse quantos pararam pelo caminho ao me lerem! Enfim, há alguns que prosseguiram até minha conclusão falsamente otimista. Cheguei a virar de cabeça para baixo a vida de um adolescente.

Uma personagem excêntrica de Mirabeau observou que a pior situação era sem dúvida a sua: uma edição de luxo que não tivera sequer as páginas cortadas. Ante isso, *Eugénie Grandet* retrucou que havia outra mais triste: a do livro que só teve as primeiras páginas cortadas e às vezes as duas últimas. Lembraram também de uma avó chamada Denise, que se recusava a cortar as páginas do volume e contentava-se em ler o que podia vislumbrar ao afastá-las.

Em seguida, a conversa desviou-se para as "trufas". Esse jargão do ofício se refere a tudo que os leitores põem ou deixam entre as páginas dos livros: folhas, pétalas, relva, trevos-de-quatro-folhas, cartas, entradas de espetáculos, tíquetes do metrô ou do ônibus, fotos, contas de restaurante, fragmentos de fumo, cartões-postais, cartas de baralho, fósforos, números de telefone, restos de biscoito, unhas roídas, pedaços de palha, grãos de areia... Sem falar daquele que usava preservativos como marcador de página.

A propósito da sem-cerimônia de alguns, *A Cartuxa de Parma* falou de seu horror ao cheiro de fumo, já que seu único leitor fora um fumante inveterado de cachimbo. E dava isso como causa por seu volume ter sido abandonado. Porque continuam a ler Stendhal. Nesse momento tive vontade de explicar meu cheiro de bronzeador, mas resisti à tentação.

Nossa discussão derivou em seguida para um tema completamente diferente: o mau escritor – execrável, irrecuperável – que é o único a não saber disso. Um exemplar de *Système des beaux-arts,* de Alain, foi muito escutado, pois a tese é interessante. Nosso companheiro de prateleira explicou que a situação do escritor sem nenhum valor e seguro de si era exatamente a do herói trágico. Esse, com o coração cheio de alegria, acredita avançar em direção à felicidade, mas é cego e vai direto contra o muro. Ele não sabe disso. Mas os deuses e os espectadores sabem. O que fazer? Dizer ao escritor? Ele não escutaria. O herói trágico jamais escuta seu confidente. Como Édipo, ele caminha para seu destino, cego antes mesmo de ter os olhos vazados.

Como a conversa ficava séria demais, a questão do cheiro dos livros surgiu novamente. Falou-se de livros perfumados, que existem. Alguém até propôs fabricar livros cujo odor mudaria à medida que fossem folheados. Um bom cheiro de esterco para a visita da fazenda, vestígios de vapor de gasolina para a chegada à cidade e lufadas mais agradáveis como as que se recebem diante de uma padaria ou sob uma magnólia. Resisti ao prazer de falar de mim, dividido entre a vaidade e o senso de ridículo, mas um dia, num grupo pequeno, direi de onde me vem esse odor de bronzeador solar e porque há grãos de areia entre minhas páginas.

Gosto muito dessas conversas noturnas quando não são guiadas apenas pela preocupação de se passar o tempo, em que não se fica repetindo, em que se inventa e em que, no "calor da discussão", descobrem-se constantemente coisas novas sobre os outros e sobre si mesmo.

9

UMA VIDA

De repente ouviu
acima dele o deslizar do ferro.
Pois não há dúvida que o ouvem!
Se eu estivesse deitado sobre a báscula,
escutaria com nitidez esse deslizamento
e o perceberia!

FIÓDOR DOSTOIÉVSKI

NO DECORRER de nossas noites de bate-papo pode ocorrer que mesmo de certo vazio surja um pequeno milagre. Isso ocorre, por exemplo, quando o tomo I dos *Contos e novelas* de Maupassant, da Pléiade, contou sobre uma noite extraordinária passada na vila de Médan, à margem do Sena, onde Zola reunia seus amigos: Paul Alexis, Joris-Karl Huysmans, Henry Céard, Léon Hennique, Guy de Maupassant e às vezes também outros.

Come-se, bebe-se, passeia-se de barco, nada-se, discute-se estética e estratégia. Zola é o "mestre" inconteste, mas os outros já adquiriram certa notoriedade. Exceto Maupassant. Todo mundo gosta dele, desse pequeno touro fogoso que é cheio de vida, apesar de sua misantropia. Mas como escritor... Ninguém acredita muito nesse burocrata de pretensões literárias que resume toda a sua filosofia numa frase: "Tomo banho, passeio de canoa, tomo banho e passeio de canoa". A isso se junta um frenesi sexual furioso, na maior parte das vezes com prostitutas. Como um discípulo de Schopenhauer poderia acreditar no amor?

Os membros do pequeno grupo decidem publicar um livro que reuniria as contribuições de cada um. Uma espécie de "Heptaméron", de templo à amizade, que se chamaria *Noites de Médan*. Resta encontrar um assunto. O tema em comum seria a invasão da França pelos prussianos em 1870. Cada um o tratará à sua maneira, mesmo assim com a ideia de reagir contra os clichês patrióticos. Os amigos põem-se a trabalhar. Quando um deles termina, organiza-se uma noitada na qual ele lê seu texto na companhia dos outros. Em seguida debatem, propõem emendas, num ambiente de saudável camaradagem.

Chega a vez de Maupassant. Como eu já disse, gostam dele, mas não acreditam muito nesse perdulário que ainda não produziu nada de convincente. Maupassant lê. O conto que propõe se chama "Bola de sebo". Ele o lê sem parar durante mais de uma hora, sem ser interrompido. Em geral, quando terminam a leitura, o debate pega fogo. Mas naquela noite, depois da última frase lida: "E Bola de sebo continuava chorando: às vezes um soluço que não podia conter se esgueirava, entre dois versos da canção, nas trevas", os sete escritores presentes, entre os quais Zola, levantam-se e, sem uma palavra, dirigem-se àquele em quem reconhecem imediatamente uma incontestável superioridade.

Não posso ouvir essa história sem tremer, sem sentir as lágrimas aflorando; imagino o estupor dos amigos e também a imensa alegria de Maupassant. Quanto durou esse momento pouco solene? Não sei. Imagino sua densidade.

"Bola de sebo" aparece em *Noites de Médan.* Para Maupassant, é a glória, brutal como uma bala de canhão. E o início de uma carreira quase tão meteórica quanto a de Rimbaud.

Em dez anos, centenas de contos, romances, peças de teatro, crônicas..., sim, um pouco mais de dez anos entre aquela noite e a internação definitiva numa clínica. Uma fama cintilante e depois a noite. Um dos contos mais inquietantes, justamente intitulado "A noite", é uma antecipação desse destino.

O personagem-narrador ama a noite como se ama uma amante, e não sai de sua casa até que ela comece a envolver Paris. Adora andar pelos bairros e até pelos bosques próximos da cidade, onde ouve seus irmãos, os animais, e seus irmãos, os caçadores. Naquela noite, ele sai numa Paris cheia de vida, onde brilham os terraços dos cafés. Afasta-se da capital e, quando volta, sente algo de novo e estranho. A noite torna-se cada vez mais opaca, os sinais de vida desaparecem. Ele se perde, pede socorro. Inutilmente. O medo domina-o. O mercado de Les Halles está deserto. Ele se pergunta se o Sena ainda corre e, para verificar isso, desce as escadas. O rio está quase congelado, quase seco... O torpor toma conta dele.

"Eu sabia muito bem que jamais teria forças para subir as escadas de novo... e que morreria ali... eu também, de fome... de fadiga... e de frio".

O fim é triste. Maupassant tenta por três vezes cortar a garganta, é tomado por crises contínuas de epilepsia, seu sofrimento tenta se exprimir com letras quase ilegíveis e, finalmente, em 1892, dá entrada na clínica do doutor Blanche, da qual não sairá vivo. As últimas palavras de sua pena são: "Adeus amigos, vocês não me verão mais".

Os amigos. Nunca é o bastante sublinhar sua importância para um escritor. A grande virada da vida de Maupassant foi mesmo essa aurora onde os amigos, deslumbrados, levantaram-se e dirigiram-se religiosamente até ele, que acabaram de reconhecer, sem amargura, como um mestre.

10

NOVO PERIGO

Quanto progresso.
Na Idade Média eles me teriam queimado;
atualmente, contentam-se em queimar meus livros.
SIGMUND FREUD, 1933

SEMPRE SE QUEIMARAM livros. E geralmente, pouco depois, queimam-se seres humanos. Escapei por pouco dessa morte ignominiosa numa estada felizmente breve no Irã. Ao voltar, tinha a impressão de ter saído de um asilo de loucos. Sobrevivi devido a um telefonema.

Geneviève Arenthon era uma cliente habitual de sebos e sempre visitava Veyrier. Ela me comprou, com uma dezena de confrades, pensando em uma estada no exterior que ameaçava se prolongar. Especialista que trabalhava no Banco Central de Desenvolvimento, percorria o mundo para mostrar projetos que buscavam tornar os miseráveis menos destituídos (os "abaixo dos que estão abaixo", como se diz na Costa do Marfim, em oposição aos "acima dos que estão acima"), operações que tinham geralmente como resultado apenas enriquecer a burguesia local segundo a fórmula de que a ajuda ao terceiro mundo consiste em pegar dinheiro dos pobres dos países ricos para dá-lo aos ricos dos países pobres.

Geneviève nunca se desloca sem uma grande quantidade de livros, o que sempre lhe causa problemas nos aeroportos no momento de pesar a bagagem. É uma grande leitora. Lê por prazer pessoal, faz parte das gerações que não tinham vergonha de acreditar na cultura. Talvez, sem esse motivo, não tivesse resistido também à tentação de abandonar o barco.

Assim, eu me vi em Teerã. Geneviève trabalhava com questões de saúde. Sua atividade levava-a a encontrar com frequência um cirurgião que falava e lia francês correntemente. Ela me emprestara a esse médico, fazendo-me passar assim à categoria dos livros emprestados.

Psicologicamente, o médico era parecido com muitos dos que são chamados, com uma ponta de racismo, de "evoluídos" do terceiro mundo. Mas ele representava um caso-limite. Tinha personalidade dupla, como no caso do Doutor Jekyll e Mister Hyde. De um lado, havia nele o homem ocidentalizado, participando do espírito científico, e de outro, um indivíduo inteiramente engolfado pelo espírito mágico ou religioso, o que é mais ou menos a mesma coisa. Payam era um bom cirurgião. É desnecessário dizer que em seus estudos (parcialmente na França) e em sua prática, esquecia-se completamente de Maomé e as suratas.

Várias vezes chegou mesmo a se dizer antes de uma operação: "Alá, permita-me consertar suas besteiras". Frase emitida só em pensamento, pois o médico teria corrido um enorme risco se a tivesse pronunciado em voz alta. Comentou isso com Geneviève, em minha presença, porque ela instigara-lhe a fibra da adoração, e o amor torna a pessoa imprudente.

Dentro desse homem "moderno", vivia também um fanático do Islã, e, especialmente, um adepto incondicional do chefe supremo da grande revolução islâmica, o aiatolá Khomeini (que a misericórdia do Grandioso esteja sobre ele). Isso me permitiu assistir a comportamentos aberrantes, engraçados e trágicos ao mesmo tempo.

Em seu hospital, nos colóquios sobre saúde, Payam era um indivíduo "normal". Cortês, raciocinando com clareza, dando a impressão de ter assimilado perfeitamente a cultura ocidental. Mas em casa, quase sem transição, o Mister Hyde fundamentalista assumia totalmente o controle.

Sua biblioteca era sumária. Uns cinquenta corões de texto idêntico (a versão canônica) e que só se distinguiam pela capa. E complementando isso, ocupando duas prateleiras, as obras completas de Khomeini (que Alá lhe conceda longa vida): *O reino dos sábios, A chave dos mistérios, A explicação dos problemas*, etc., ao todo várias dezenas de títulos em persa, mas também alguns em diferentes traduções, especialmente em francês e inglês. Excetuando-se os corões, nenhum livro em árabe.

Payam decidira encarregar-se da educação dos filhos (ele tem quatro esposas). Em horas estabelecidas, reunia-os (uns vinte deles, sendo alguns altos como três tomos) numa sala dispondo do material mais avançado. Às vezes era ajudado por um barbudo parecido com Rasputin. O ensino baseava-se inteiramente na filosofia do chefe da república islâmica (que a paz de Alá esteja com ele) e apoiava-se na memória. Os meninos eram obrigados (a golpes de vara) a decorar os trechos que deviam regular todos os momentos de suas vidas.

Minha memória evidentemente reteve as passagens mais embaraçosas. Por exemplo, as que constam de um livro de síntese no capítulo intitulado "Sobre a maneira de urinar e defecar". Reconstituo o que as novas gerações recitavam repetidamente durante todo o dia: "No momento de defecar ou de urinar, é preciso agachar-se de maneira a não ficar de frente ou não virar de costas para Meca". É preciso também velar pela localização do sexo. "Não basta desviar o sexo, continuando de frente ou de costas para Meca; não é preciso expor o sexo de frente a Meca ou em sua direção".

Eis alguns dos preceitos repetidos incessantemente durante o dia inteiro: é proibido defecar nos becos (salvo com uma autorização das pessoas que moram por ali), na propriedade de alguém (sem o seu consentimento), nos locais de culto e de ensino, na tumba dos fiéis ("a não ser que se queira ofendê-los"). Pode-se limpar o ânus com uma pedrinha, com água ou com um pano.

Não é necessário, como alguns teólogos afirmam, recorrer a três pedrinhas ou a três pedaços de pano.

Quando eu ouvia o barbudo explicar às crianças que era melhor entrar nos toaletes com o pé esquerdo e sair com o direito, que era necessário cobrir a cabeça durante a evacuação, que não se devia agachar sob a Lua ou ao Sol, e que se devia evitar falar (a não ser a Deus!), eu batia nervosamente os pés no chão, na medida em que um livro possa fazê-lo, e tinha vontade de gritar para as crianças: "Não ouçam essas tolices! O único objetivo delas é matar a inteligência, a curiosidade e o gosto da aventura nas pessoas. Transformá-las em autômatos dóceis. Recusem esse embrutecimento sistemático que aniquila tudo que é propriamente humano em vocês. Em vez de educá-las, isso as condiciona." Elas não me podiam ouvir, claro; e se tivessem ouvido, que peso teria minha opinião para essas ovelhas islâmicas?

Cedendo à insistência de Geneviève, Payam aceitara me hospedar e ler. Escandalizado com a leitura, com os trechos eróticos e mais ainda com um ateísmo confirmado e aumentado, ele decidira mandar-me para o Comitê de Incineração, um organismo oficial encarregado da destruição das obras que se afastavam do pensamento do Profeta. Colocou-me num grande cesto onde havia publicações pornográficas confiscadas num instituto feminino e livros sediciosos descobertos na vizinhança após uma delação.

No exato momento em que ele abria a porta de casa para ir ao Comitê de Incineração, o telefone tocou. Geneviève precisava falar com ele com urgência. Encontraram-se no centro. Vendo seu livro no cesto, ela achou que Payam o colocara ali para lhe devolver e o pegou.

No íntimo de Payam soprava uma tempestade mental: o ocidentalizado e o islamizado travavam um combate titânico. Finalmente a polidez (e com relação a uma mulher!) o dominou. A situação realmente o deixava atordoado.

Algumas semanas depois eu estava no avião de volta a Paris, deixando com sentimentos complexos esse Oriente de ideias por vezes simplistas demais.

11

VOLTA DO PARC MONCEAU

O uso do transistor não os tornou mais tolos,
mas a tolice tornou-se mais sonora.
JEAN ROSTAND

CÉLINE BÉDENEAU, uma mulher agradável, vai todos os dias de tempo bom ao parque Monceau para oxigenar os pulmões e o espírito. Num banco voltado para o Sol, onde nos sentávamos, assisti a um espetáculo espantoso. Um quinquagenário semicalvo trotou em torno do parque cinco vezes sem jamais descolar o celular da orelha direita, correndo com o braço levantado. E por todo o tempo em que esteve no meu campo de visão, não parou de se comunicar. Será que dou importância demais a isso?

Outro caminhante veio sentar-se ao lado de Céline para ler o *Paris-Match*, o que acentuou ainda mais meu momento de melancolia. Na capa havia dois políticos, um de esquerda, à esquerda, e um de direita, à direita, dois chefes de facção, para não dizer líderes. O mesmo terno cinza-chumbo riscado, a mesma camisa branca social, a mesma gravata de um azul não muito claro e nem muito escuro, o mesmo sorriso estimulante e sedutor. Imaginem-se os assessores de comunicação fazendo a triagem entre cinquenta fotos, discutindo a cor da gravata. Nada de vermelho, que pode lembrar o partido comunista, nada de verde, que puxa para os ecologistas, nada de rosa, para não parecer bicha, nada de azul muito claro, que dá um ar juvenil, ou escuro demais puxando para o negro, e nem uma gravata de listas largas, que poderia dar a impressão de excessiva simpatia pelos britânicos. Finalmente esses assessores se decidem por dois clones ou "clowns" aliciadores e um pouco tolos.

O vizinho de banco tentou despertar o interesse de Céline sobre a censura comentando uma proibição de que o jornal falava. A justiça proibira uma publicidade modificando *A Última Ceia* de Leonardo da Vinci. Considerando que ele estava mais interessado em seus encantos do que na questão, Céline respondeu mais secamente do que desejava:

– Todo mundo sabe que, em matéria de liberdade de expressão, somos menos livres hoje que no século XVIII.

Ela não se deu ao trabalho de dizer o que a tinha consternado: o diretor da Unesco aceitara que a palavra "criador", referindo-se a artistas e escritores, fosse suprimida do artigo 14 de uma convenção internacional, curvando-se à insistência de autoridades religiosas de certos países islâmicos para que o termo fosse reservado unicamente a Deus.

Depois de despedir-se do vizinho de banco, Céline foi dar uma volta no parque. Durante o passeio, vi livros e várias pessoas lendo. Isso me deixou contente de novo. A raça dos leitores talvez não estivesse inevitavelmente em vias de extinção. Tomei Sol. Fui lido, e bem lido, durante mais de vinte minutos. O que as pessoas querem? Não me devo deixar abater por todas essas pequenas contrariedades que nos acabam minando. Tenho que permanecer fiel ao meu princípio: "Não nos deixemos abalar".

"Tenho que devolver logo o livro a Geneviève", pensou Céline.

12

QUEM COM O FERRO FERE...

É uma atividade de insetos.
Quando observamos os insetos,
pensamos: por que se agitam tanto?
O que fazem? Mas sobretudo: por quê?
HENRY MILLER

GENEVIÈVE OFERECEU-ME a um amigo, um comerciante de livros raros e gravuras de nível internacional. Como tinha o senso da língua, ele saberia apreciar o texto. O senhor de Scientrier era um personagem *a la* Balzac, inteiramente modelado por uma profissão transformada em paixão. Não se vê impunemente por quarenta anos clientes entrarem na livraria enquanto se avalia rapidamente a relação entre o tempo dedicado a eles e o possível dinheiro a obter. Monomaníaco como o primo Pons, Scientrier não tinha sua candura e nem se deixava despojar. A profissão devorara toda humanidade que pudesse ter. Prefiro não evocar alguns acontecimentos que comprovariam o fato. Contento-me em mostrar o livreiro em ação, escolhendo uma história que ele próprio gostava de contar como um dos pontos máximos de sua carreira.

Para entendê-la, é preciso aprender pacientemente o que é a "révision", um acordo entre vários comerciantes que bloqueia os aumentos de preço no decorrer das vendas em leilão. Antes da venda oficial, os comerciantes concordam, entre eles, que evitarão competir uns com os outros, impedindo assim que os preços aumentem. Quanto maior é o número de pessoas no processo (pode ultrapassar vinte), mais complexa é a sua dinâmica.

Tomemos o caso mais simples da *révision* entre duas pessoas. O livro foi concedido por adjudicação a uma delas por 10 mil euros. Elas não se engalfinharam competindo, e como não havia adversários de peso na sala, conseguiram o livro por um preço muito bom (tanto faz uma ou outra, isso não tem importância).

Em seguida, as duas pessoas encontram-se num café próximo à sala de vendas para a *révision.* Cada qual escreve num pedaço de papel a soma até onde pretende ir para obter o livro. Chamemos esses dois compradores de *A* e de *B*. *A* escreve 30 mil euros no papel. *B* escreve 20 mil. É *A* quem se torna proprietário do lote. Mas não vai pagar os 30 mil, preço máximo que estaria disposto a desembolsar se houvesse um leilão comum. Primeiro *A* vai pagar a fatura, isto é, os 10 mil da venda oficial. Além disso, pagará a *B* a metade da diferença entre seu preço (30 mil) e o dele (20 mil), ou seja, 10 mil divididos por dois: 5 mil. No total, ele gastou 15 mil euros. Menos de 30 mil, de qualquer modo. Assim, mesmo sem comprar, *B* terá lucrado 5 mil euros. Vou poupar ao leitor uma *révision* entre dez pessoas. Mesmo ao final de cinquenta páginas, ele não teria entendido. O que conta é o princípio.

Quem se pode opor a esse belo mecanismo? Só um amador mal-informado. Nesse caso, os comerciantes se esforçarão para que ele seja alijado do processo: será logo desencorajado ou eliminado como indesejável, portanto incapaz de participar de outros leilões. Aprendida a lição, esse amador saberia que, quando se quer um objeto, é preferível bancar um comerciante "honesto", que também recebe sua comissão. Há alguns deles, não muitos. As grandes fortunas no ramo foram construídas durante a Ocupação. Os alemães, especialmente Goering, pagavam sem discutir muito.

Os *gratteurs* também se misturam com frequência à *révision.* "Gratter" consiste em participar desse tipo de operação escrevendo cifras baixas no seu papel, de modo a receber dinheiro sem comprar. Não é possível impedir sua entrada na *révision* ou enquadrá-los na lei, já que a *révision* é uma prática ilegal. Os *gratteurs* mais desprezados são também chamados de *sugadores.*

Contudo, um *gratteur* expõe-se a certa represália por parte dos verdadeiros comerciantes. Num livro adjudicado por preço muito alto, esses comerciantes deixarão o *gratteur* se tornar o comprador. Então para este, geralmente um pobre diabo, será difícil respeitar o acordo. Ora, um dos princípios intangíveis da *révision* é que quem deixar de honrar um só compromisso, não poderá mais participar do jogo. Apesar de tudo, os comerciantes têm princípios.

Ufa! Paro por aqui. Mesmo que o leitor tenha deixado escapar algum detalhe, compreendeu que quem é feito de bobo nessa farsa é o vendedor. A *révision* é um processo proibido que se pratica à luz do dia e não apenas no ramo dos livros. Quem não é bom de cálculo mental e não tem nervos de aço deve evitar os riscos dessa partida de pôquer mentiroso.

O negócio que nos interessa aconteceu na Suíça. Durante uma grande venda em Genebra, o comissário anunciou que os cinco lotes mais interessantes tinham sido retirados para serem propostos numa outra ocasião, que ocorreria em breve na casa Cornfeld, em Berna. Todos ficaram estupefatos quando o senhor de Scientrier deu a entender ter entrado num acordo com a família em relação aos cinco lotes; ninguém sabia na verdade do que se tratava.

Pouco tempo depois, a grande venda de livros e gravuras anunciada ocorreu em Berna, lugar crucial para esse tipo de negócio. Um grupo de comerciantes suíços e franceses constatou que toda a linha de produtos propostos era realmente da área de competência do senhor de Scientrier. Então decidem, graças à *révision*, tirar férias pagas nas costas de Scientrier. A venda ocorre. Os vendedores são fraudados como de costume. Vem a *révision*.

Totalmente espantados durante a *révision*, os participantes constatam que Scientrier banca o *gratteur* ou foge da responsabilidade – à exceção de alguns lotes (entre nós, para enganar). Não apenas eles compram a um preço alto (pensavam que ele ofereceria mais), como também, a cada vez, são obrigados a passar somas importantes a Scientrier. Este, no final, é quem debita as férias nas costas dos outros.

Depois, Scientrier parou em Genebra para comprar charutos na loja Davidoff e almoçar no restaurante mais caro da cidade, mas não o melhor (seu lado exibicionista). Talvez tivesse até uma amante em Genebra, não tenho certeza. Quanto mais gostava de se gabar de seus feitos comerciais, mais se mostrava discreto no domínio afetivo.

Na viagem de volta, no compartimento que reservara só para ele, Scientrier fumou tranquilamente seu charuto, bastante satisfeito consigo mesmo. O grupo contrário não tinha entendido que ele vendera, através de um "laranja", um lote comprado abaixo do preço. Assim, Scientrier ganhara bastante vendendo, e ganhara uma segunda vez graças ao mecanismo da *révision*. A venda através de um "laranja" era totalmente ilegal, sem dúvida, mas a *révision* também o era. Por que mecanismo os enganados poderiam voltar-se contra ele? De qualquer modo, tudo isso ficara para trás. Scientrier já imaginava outra coisa. Da próxima vez que tivesse uma série importante sob seu domínio, espalharia o boato de que o vendedor seria ele. Os outros comerciantes evitariam dar lances no leilão para prejudicá-lo e Scientrier efetuaria a compra por um preço baixo, através de um "laranja". A coisa não estava ainda muito clara em sua mente, sobretudo com a sonolência pós-prandial começando a atuar. Mas havia uma *combinazione* possível nesse sentido. Ia verificar.

Certamente os comerciantes não queriam mal a Scientrier por esse último golpe, pois o universo deles se parece mais com o de jogadores do que com o de acumuladores de dinheiro. Simplesmente tinham perdido, e estudavam agora uma revanche. O trem corria em direção a Paris a trezentos quilômetros por hora. Scientrier tinha a sensação de estar no auge da forma em todos os aspectos, com nervos de titânio e a prontidão de uma águia. Um dia precisaria contar todas essas histórias. O título *Descida aos leilões* já havia sido usado. *Cena de caça ao pombo* não seria mau. Mas teria que se aposentar primeiro. Por enquanto, ia aproveitar essa fase de ascensão e continuar com seus golpes.

13

AMANHÃ ESTARÁ ESCURO

A vida é o conjunto das forças
que se opõem à morte.

XAVIER BICHAT

À ÉPOCA DO DUPLO lance de pôquer, o senhor de Scientrier estava no auge da forma. Um negócio desse tipo exige uma extraordinária resistência nervosa. Acaba-se pagando o preço. O corpo vinga-se. Dois anos depois, no dia seguinte a uma venda especialmente difícil, ele teve um primeiro alerta: um pequeno acidente vascular do qual se restabeleceu rapidamente. Pouco tempo depois, foi diagnosticado com uma doença incurável, um "Parkinson rígido", como diziam. Nada mais simples. Os neurônios que fabricam a dopamina degeneram. Ora, a dopamina é uma substância preciosa que serve para a coordenação dos movimentos. E não pode ser injetada como se faz com a insulina. No estágio atual da Medicina, o processo é irreversível. Quando ele perguntou ao médico como poderia encarar o futuro, o doutor não perdeu tempo com rodeios. Respondeu-lhe: "Na cama!".

Scientrier assistiu lúcido e calmo à sua degradação, recusando-se a encerrar uma atividade que o mantinha em pé. Decidiu terminar com elegância, fazendo um catálogo de qualidade excepcional. Vi-o passar dias no projeto. Nunca haveria um catálogo como aquele, que se chamaria *O último catálogo*. O texto preliminar ainda não estava pronto quando nós nos despedimos. De forma bastante retórica, mas eficaz, ele teceu um patético relatório do estado das coisas, o balanço do inelutável. Dou aqui a versão que conheci.

O ADEUS AOS LIVROS

> Apaixonado pelos livros, percorri o planeta em marcha forçada para trazer das viagens as obras mais diversas que, uma vez em minha biblioteca, pareciam esperar desde sempre alguém que as amasse. Como Don Juan, eu gostaria que houvesse outros mundos para poder estender a eles minhas conquistas. Esse tempo não existe mais. Minhas pernas estão entorpecidas. Meu equilíbrio torna-se instável. Dentro de alguns dias, não poderei mais andar.
>
> Eu tinha o dom da palavra e um gosto pelo universo dos livros que me permitiam falar deles de modo sedutor. Minha memória permitiame rapidez na execução de negociações ou vendas que fazia a diferença. Essa memória

impecável e esse encanto da palavra falada se desagregam. As lembranças apagam-se. Minha língua torna-se pastosa. Sei que o dia em que não vou mais poder falar está próximo.

Minha escrita era clara e eu podia encher páginas com a correção dos tabeliães de outrora. Num primeiro momento, notei que tinha dificuldade de ler o que eu escrevia. Mais inquietante ainda foi quando nem eu conseguia me ler. Dentro de pouco tempo não poderei mais escrever.

Formado em Letras, não me contentava em comprar e vender livros. Eu os lia com um prazer crescente ante a qualidade da edição ou das ilustrações. As alegrias que tinha como leitor eram maiores do que as amealhadas nos meus sucessos comerciais. Constato com fatalismo que minhas faculdades de concentração se degradam. Em breve, não poderei mais ler. É tarde. A noite aproxima-se. Adeus.

*

Depois de me guardar por vários anos, na época em que o fim de seu empreendimento o desolava mais do que o seu próprio fim, ele me deu a um amigo, comerciante de livros de segunda mão instalado do outro lado da rua, adequadamente à margem do Sena. Esse amigo me vendeu pouco depois a um mendigo. Não sei o que aconteceu com aquele cuja glória e declínio assisti, e se *O último catálogo* se concretizou. Penso muitas vezes que Scientrier não queria terminar o poema no qual se exauria, pois devia sentir obscuramente que um ponto final nele seria como assinar seu próprio atestado de óbito.

14

SOB AS PONTES DE PARIS

Começamos a saber
que o homem não tem alma,
mas pode ter dignidade.
PAOLO DEI TEDESCHI

POR POUCO MAIS de um ano pertenci a um mendigo chamado Próspero – acho que esse era o seu sobrenome. Foi um ano muito duro, que mesmo assim me proporcionou bons momentos, abriu-me os olhos para um universo que se tende a enfeitar excessivamente. A canção *Sob as pontes de Paris* é bela. E agradou porque vai no sentido do mito.

Sob as pontes de Paris, quando a noite desce,
vagabundos de todo tipo esgueiram-se escondidos
e ficam satisfeitos de achar um colchãozinho.
Hotel aberto aos ventos onde pouco se paga,
o perfume e a água, marquês, são de graça,
sob as pontes de Paris.

Eu morei um ano sob as pontes de Paris e posso dizer que não é assim de modo algum. Trata-se de um terreno infra-humano e até infra-animal, porque os animais não fazem suas sujeiras sobre si mesmos. Resta pouco de humano ali, muito pouco. O fedor, a sujeira, a merda, o vômito e o álcool misturam-se a arrotos e peidos. A homens fracassados, que não conseguem construir uma frase, junta-se o abandono de si, as manchas, o ódio, os piolhos, os chatos, as feridas purulentas, a mistura de pus e sangue, às vezes as larvas. Cada qual é um pequeno monte de rancores, com o racismo sempre à flor da pele, as caras desdentadas embrutecidas e risonhas; quando lhes falta o álcool, são capazes de qualquer coisa para conseguir mais: prostituir a companheira ou a si mesmos. Ali também reina a mitomania, com todos inventando uma vida, criminosa ou faustosa, às vezes as duas ao mesmo tempo, e o desaparecimento de tudo que se assemelhe à dignidade.

Depois dessa experiência, não me vão fazer acreditar na fábula do mendigo de grande coração e espírito cintilante. O pitoresco da miséria, a sacralização do pobre, não, obrigado, senhor Péguy! É o corredor da morte, com restos de esperança nos quais não se acredita de fato. A curto prazo uma inserção no nada, isto sim.

Aqueles com quem morei tiveram um período de prosperidade porque o dono de um restaurante que só servia carne de frango branca os abastecia de coxas e asas. Eles comeram avidamente toneladas dessa carne, mas depois de seis meses o dono passou a doá-la a uma associação de caridade que a havia solicitado. De qualquer modo, tudo voltou a ser como antes.

Próspero representava a exceção que confirma a regra nesse mundo de decadência e sujeira. Além de ler, tinha um cuidado religioso com seus poucos livros; embrulhava-nos em papel de jornal e guardava-nos num saco plástico, só nos tirando de lá com grande cuidado.

Chegava até a ler para o grupo. Cada qual se recolhia, apoiando-se num canto, enquanto Próspero lia com a ajuda de uma lanterna de bolso. O livro que tivera mais sucesso entre eles fora *Vamos matá-los*, de François Joly, narrando o fechamento de uma fábrica no Norte depois das negociações duvidosas de seus donos.

A ideia ocorrera a François Joly ao folhear *Le Progrès de Lyon* durante o café com leite matinal; um operário tinha escrito na porta da fábrica: DESEJAMOS A MORTE DAQUELES QUE NOS MATARAM. Joly pesquisara o assunto e surpreendera-se com a frequência dos sonhos de assassinato dentre aqueles que havia interrogado. Os personagens de seu romance concretizavam o ato: rastreavam os principais responsáveis e abatiam-nos com toda a simplicidade.

O trecho mais apreciado era aquele em que Étienne, o jovem militante, explicava que já estavam fartos do sindicalismo à moda antiga, porque sua ineficácia fora comprovada.

– Já que é a lei da selva, vamos aplicá-la. Você fecha minha fábrica por motivos financeiros. Eu o mato. Você se esconde. Eu o encontro. Vamos matá-los! Vamos matá-los! Estejam onde estiverem. Estamos fartos de ser acuados como porcos contra a paliçada. Não seremos mais serviçais descartáveis. Proletários Kleenex. Vamos matá-los!

Todos eles encontravam ali uma pequena revanche imaginária. A leitura desse livro se tornara um ritual, e como crianças para as quais se conta uma história, eles não permitiam que se mudasse uma única palavra.

No entanto, o momento de grande emoção ocorreu com outro texto que, curiosamente, Próspero só leu uma vez. Era um longo poema de Jehan Rictus intitulado "O Retornado", tirado do *Solilóquio do pobre*. O retornado é o Cristo, que volta ao mundo moderno e constata que seu sacrifício não serviu para muita coisa. Foi na leitura desse trecho que a emoção chegou ao máximo.

O cara que as mulheres agarravam
(A um ponto tal que era escandaloso),
O Homem de olhos belos, belos sonhos.

Era um carpinteiro sempre em greve,
O artista, o líder, o anarquista,
Tantas vezes misturado a ladrões.

(Seria um paradoxo?)
O sujeito que carregou nas próprias costas
Uma cruz que não era a Legião de Honra!

Se voltasse, ah se ele voltasse!
De repente... sem cerimônias,
O modelo dos ministros de finanças,

Que saciava totalmente mais de cinco mil
Dispondo só de três pães e sete peixes.
Se ele voltasse bem em nossos tempos
O que então enfiaria nas goelas?
Ah ele, a quem já não se dá bola nenhuma
(Principalmente os que dizem que o amam).

Talvez se sentisse apenas desgostoso
Em relação a seu próprio sacrifício,
E desta vez com enorme justiça
Ia sim nos querer encher de bordoadas!

Se voltasse, ah se ele voltasse
Algum dia desses sem fazer alarde,
Tranquilamente, com malícia e contenção,
De Montsouris a Batignolles,
Que coisa, minha nossa! Que revolução!

Ante esse homem de bem,
O que diriam os donos do dinheiro
(Ele que repreendia os mercadores)?
E o Papa ficaria apavorado
Se tal homem passasse alguma vez por Roma

(O Papa que é mais rico do que Creso).
Tenho arrepios só de pensar nessa
empreitada.
Se mesmo assim Jesus voltasse um dia,

Ele e sua cara desolada.

Sim. Mas é pouco provável que o primeiro comunista da história volte para deter a fantástica destruição causada pela sociedade consumista que empobrece o planeta, aniquilando culturas em nome da grana, da bufunfa e do melhor preço.

Certo dia, um de seus colegas de carência aproveitou que o dono dos livros estava doente para lhe roubar os volumes, e correu para vendê-los por uma ninharia a um outro vendedor de livros. Aquele mundo se afastou de mim, mas guardarei detalhadamente na memória, e até o último suspiro, a noite em que a voz de Próspero ressoou sob as abóbodas e, melhor do que em qualquer salão, a literatura e a poesia proporcionaram àqueles destroços um pouco de sua humanidade perdida.

15

A BONITINHA

Existe apenas uma lei no sentimento.
Fazer a felicidade de quem se ama.
STENDHAL

MEU LEITOR preferido foi uma leitora. Ela adorava fuçar as pilhas dos sebos e, num dia de primavera, decidiu-se por mim. Vivemos uma ligação que me marcou por toda a vida, no sentido psicológico e físico do termo. É hora que eu aplaque a curiosidade do leitor quanto ao cheiro de bronzeador das minhas páginas. É muito simples. A bonitinha foi para a Grécia para fazer nudismo e obter um bronzeamento integral. Todos os dias, pousava-me sobre a perereca para evitar olhares indevidos. Às vezes, deitava-se de barriga para baixo e me colocava sobre as nádegas, mas isso eu apreciava menos.

O motivo de sua beleza estava nos olhos verdes-azuis-cinzentos, mutáveis como o oceano, nos lábios um pouco amuados e no aspecto geral, que conservava a infância. O azul era sua cor preferida. Sempre usava pelo menos uma peça de roupa dessa cor, a tal ponto que suas amigas se divertiam em chamá-la de "Azul". Passamos bons momentos juntos, especialmente no Grand Hôtel de Cabourg, onde ela escolhia sempre o quarto de Proust. Esse quarto tinha que ser reservado com muita antecedência, mas o encanto de minha leitora provavelmente lhe servia de salvo-conduto.

Enrabichando-se de fato por mim, ela começou por me recuperar a saúde. Minha capa estava um pouco velha: a película transparente descolava-se em alguns pontos, as cores desbotavam, os cantos não eram mais cantos. Ela se deu ao trabalho de procurar, via Internet, um exemplar em estado de novo. Arrancou cuidadosamente a capa dele (meu pobre companheiro de tiragem desapareceu nas latas de lixo da história e da cidade de Levallois-Perret). Em seguida, com mais delicadeza ainda, ela arrancou minha capa e a substituiu pela nova. Seu amor me deixou virgem de novo.

Por que essa manipulação, quando seria mais barato me substituir? A encadernação custa muito mais do que uma boa edição mesmo encadernada, mas para esses leitores não é a mesma coisa. As pessoas compartilham um passado com o livro e querem ainda percorrer parte do caminho com ele.

Meu tema principal não é o erotismo, mas mesmo assim tenho trechos apimentados sobre uma mulher que se dá prazer com um objeto contundente. Trechos que tinham o mérito de pôr a bonitinha em transe, que a faziam imitar a personagem usando um instrumento do mesmo tipo emprestado por uma amiga farmacêutica. Chegou mesmo a escrever uma "Ode à masturbação feminina", que ficou por muito tempo entre as minhas páginas e que ela acabou queimando. Evocava ali, em versos mancos e engraçados, um prazer que considerava superior ao da cópula.

Na ode havia uma mistura de ternura e brutalidade, de sensualidade e rigidez, de inocência e espírito de zombaria, que constituíam seu encanto e dificuldade. Nesse poema, a zombaria estava a tal ponto presente que se podia imaginar ter sido escrito por um homem. Isso desagradava seu lado terno, o que certamente explicava a destruição do poema.

Muitas vezes ela me lia na cama, nua. A proximidade de seus seios agradava-me também. Seios firmes, não muito grandes, mas que, segundo a fórmula consagrada, podiam encher a mão de um homem gentil.

Comportava-se com os livros da mesma forma que com os homens. Tinha sempre seu preferido do momento, que por determinado tempo fui eu; era relativamente fiel a eles no sentido de que não lhes mentia. Fora isso havia os livros e os homens de passagem, que ela não tratava como objetos e com os quais experimentava alegrias verdadeiras – mas eles não entravam verdadeiramente em sua vida.

Acho que ela era um dos inúmeros autores virtuais que sonham escrever. Estava fascinada. Primeiro porque aquilo que lia em mim correspondia tanto ao que ela mesma gostaria de escrever que acabava achando que o texto emanava dela. E também a sensação íntima de que se impregnava tanto de meu estilo que acabava por captar o segredo dele. Na realidade, era eu que me deixava invadir por seu odor de loção para bebês.

Ela se deslocava muito. Não era uma santinha do pau oco, tinha costumes bastante livres. Mas por todo o tempo de nossa ligação, ela jamais me abandonou. Eu a acompanhava por toda parte. Da mesa de cabeceira assisti a seus embates (ela não gostava de apagar a luz). Isso se ligava ao seu desejo de transparência, método que tem lá os seus perigos.

Apesar de tudo que acabo de dizer, eu me questiono sobre sua ligação comigo. Sou um livro bem atrativo, mas não uma joia de bibliofilia. Meu conteúdo não é pobre, certo, mas também não se trata de um Shakespeare. Mas isso acabou.

Por que, num determinado momento, um ser cansa-se do outro? Por que a febre que os queimava resulta em um fazendo o outro muito infeliz? Por que a força oculta de seu amor se rompeu? O fato é que um dia ela me esqueceu num táxi.

Desde Freud sabemos que não há acaso na vida psicológica. De qualquer modo ela não podia me jogar fora, deixar-me num banco de praça com os riscos que isso comporta. Então, inconscientemente ou não, ela me abandonou nesse banco forrado de couro sintético, dizendo-se que me deixava em boas mãos, não me matando na realidade. Esse taxista, com quem conversara longamente, era um grande leitor, que escolhera a profissão para se entregar ao prazer da leitura. É duro. Sobretudo por eu não saber nada sobre o meu rival, aquele que ela levará ao Grand Hôtel de Cabourg ou à Grécia. Para ser franco, preferia que ela tivesse morrido. Esse motorista de táxi era um homem raro. Vivi bons momentos com ele. Mas o melhor de minha vida ficara para trás.

16

PRATELEIRA DAS PLÉIADES, INÍCIO DA FILA "M"

O bom de escrever é porque reúne as duas alegrias: falar sozinho e falar a uma multidão.

CESARE PAVESE

O MOTORISTA de táxi e grande leitor era um cabila. Ninguém se entediava perto dele. Por várias vezes o ouvi contar a armadilha que aprontava para os muçulmanos, ao perguntar-lhes: "Se um homem viola sua filha de nove anos, o que faz você?". A resposta vinha imediata, sempre a mesma: "Eu o mato!". Então o cabila levava um tempo para dizer: "Mas foi o seu profeta!". A tradição de fato diz que Maomé deflorou uma menina, mas acho que de onze anos.

Seu maior choque cultural tinha sido na época do Natal, perto das grandes lojas. A multidão era tão compacta que atravessar a rua se tornava uma façanha. Vendo um cego em dificuldades – na cultura cabila respeita-se o cego, assim como na cultura árabe –, ele pegou sua mão para ajudá-lo.

Ao notar isso, o cego rechaçou-o: "Solte-me! Deixe-me em paz! Assim talvez eu possa esbarrar numa bunda!". O cabila ficou espantadíssimo.

Ele me leu várias vezes. E como fazia com os outros livros cujo conteúdo julgava ter absorvido, colocou-me no bolsão da parte de trás do banco dianteiro, onde outros põem jornais. Era o seu modo de fazer divulgação cultural.

Um dia seu passageiro parecia tão interessado na leitura que travaram uma conversa e o motorista acabou dando o livro – quer dizer, a mim – ao passageiro. O turista vindo do Sul trabalhava com livros, sendo vendedor da Sauramps, uma grande livraria de Montpellier.

Ele lia nos momentos de lazer, mas não me levou para casa. Ao ir embora, deixou-me aberto numa prateleira, com a lombada para cima, o que não é muito recomendado. Em uma noite, depois que ele me abandonara perto dos volumes da coleção Pléiade, letra "M", tive oportunidade de ouvir um debate de alto nível. Situação excepcional, talvez porque se tratasse de uma coleção excepcional; os livros não falaram como produtos, como paralelepípedos de papel. Os próprios autores expressaram-se. O meu evidentemente não tomou a palavra, pois lhe teriam rapidamente dado a entender que não era da mesma categoria. Maquiavel, Malebranche, Malherbe, Mallarmé, Malraux, Marivaux, Marx, Mauriac conversam. Pouco interessado, Martin du Gard não participou do debate. Estabeleceu-se que a discussão giraria em torno da questão: É melhor estar na Academia Francesa ou na coleção da Pléiade?

Mauriac

(*Novelas*, tomo I)

Academia ou Pléiade? Sem querer ser pretensioso, uma coisa não impede a outra. Mas acho que não é preciso exagerar no que diz respeito à nossa sobrevivência. São inúmeros os que não distinguem muito bem entre Malraux, Mauriac, Maurras, Moréas, Maurois e mesmo Marot. Se vocês soubessem a quantidade de gente que me cumprimentou por *Diário de um pároco de aldeia.* Aliás um belo romance, eu gostaria muito de tê-lo escrito.

Malraux

(*Escritos sobre arte*, tomo IV)

Do escriba da Mesopotâmia que traça caracteres cuneiformes em suas tabuletas de argila ao comerciante inca dando nós numa cordinha, do sacerdote egípcio desenhando hieróglifos no papiro ao monge do Império germânico recopiando a bíblia em pergaminho em caracteres góticos, do mandarim da antiga China caligrafando ideogramas sobre seda ou bambu aos discípulos de Maomé escrevendo as primeiras suratas do Corão sobre os lombos de camelo, dos frescos bizantinos de Florença às prisões abandonadas de Piranèse, dos cartuchos forjados a martelo e regravados pelos faraós aos...

Mallarmé

(*Poemas e outras prosas*, tomo I)

Não deixemos a margem onde o destino nos ancora.

MAURIAC

Efetivamente. Resolvemos discutir a partir de uma determinada questão...

MALRAUX

(*Orações fúnebres*, tomo III)

Povos do silêncio das bibliotecas que montam solenemente guarda à chama do espírito, quando de um mundo de limbos em que a lenda se mistura à mais elevada técnica e que o sentimento profundo, orgânico, secular, retomou seu tom de lenda...

MALHERBE

(*Obras*)

Que tipo de tédio foi sentido algum dia.

MALRAUX

Quando a noite se retira como o mar e as formas obscuras dos livros, imóveis, ombro a ombro como um exército em ordem de batalha, de alto a baixo das estantes, esperam em silêncio uma mão pousar sobre suas lombadas...

MARX

(*Economia*, tomo I)

Malraux morreu na Espanha em 1936.

MALRAUX

Quando o espírito está em perigo, quando a lama turva do obscurantismo se lança sobre a Europa, quando uma ideia invencível e misteriosa destinada a preencher o século vai dominar em breve...

Malebranche

(*A busca da verdade,* tomo I)

Eu...

Malraux

Batalhões da resistência, a grande luta das trevas começou. No combate milenar do homem contra um destino que o aniquila, vocês sempre responderam à grande aspiração humana e sobreviveram ao estrondo dos veículos alemães se dirigindo à Normandia pelas longas planícies de animais de criação despertados e cães de pastores uivando para a morte no fundo dos riachos. Combatentes épicos enfrentando sem armas as primeiras divisões encouraçadas do império hitleriano...

Maquiavel

(*Obras*)

Seria possível...

Malraux

Ouça à sua volta o murmúrio confuso do imenso enxame do pensamento humano, a cativante consciência dos séculos. O maior mistério não é que tenhamos saído por acaso da profusão da matéria e dos astros, mas é que, fechados nesta prisão, tiramos de nós mesmos imagens suficientemente potentes para negar nosso nada. E mais do que imagens, inúmeros livros testemunhando ser o homem maior do que aquilo que o esmaga. Pois ele é apenas um ato no qual não prevalece a negligência das constelações nem o murmúrio eterno dos rios; é o ato pelo qual o homem arranca alguma coisa da morte.

Quando a sombra desce sobre Corrèze e em todas as casas o dia de trabalho termina, uma mulher vestida de negro sobe ao andar de cima com um volume da Pléiade, para arrancar seu mistério à noite; em tal momento essas mulheres tentam atravessar as portas de chifre e marfim que nos separam do mundo invisível, lendo as obras imperecíveis do antigo escravo, Cervantes, do antigo prisioneiro, Dostoiévski, ou do antigo condenado ao pelourinho, Defoe, e descobrem que não há homem fundamental e sim naturezas singulares amplificadas por sua época. Não há nogueira fundamental, mas apenas toras.

Os homens só têm em comum o fato de dormir, quando dormem sem sono – e de morrer. Pouco importa a permanência do nada...

(Mauriac aproveita o momento em que Malraux toma fôlego para dizer algo maldoso. Malraux vai continuar a noite inteira.)

MAURIAC

(*Obras autobiográficas*)

E pensar que ele escreveu *As vozes do silêncio.*

17

A BARCA QUE PASSA

Não chame
Mas ouça esse inumerável cortejo de passos.
René-Guy Cadou

Simplificando, pode-se estar presente numa livraria de quatro modos: na prateleira, achatado sobre uma mesa, de frente num mostruário, ou numa vitrine. O *display* giratório pode assemelhar-se, segundo o caso, à prateleira ou ao mostruário. A vitrine corresponde a essas situações honoríficas que não trazem nada. Se existem outros exemplares na livraria, nossas cores vão desbotar e há muita chance de irmos parar nas devoluções; melhor seria ser vendido em promoções. Único num mostruário? Mais ou menos a mesma coisa. Para o editor ou o autor é um sonho, já que, para ser vendido, o livro precisa ser visto. Mas para nós, como no caso anterior, o livreiro irá buscar outro exemplar para o leitor interessado no título. Seduzimos, mas para os outros. Ser alinhado numa prateleira ou num *display* giratório, com apenas a lombada visível, é parte de outro universo. Aquele que procura um livro numa estante é um caçador; o que varre com o olhar as capas dos livros exibidos do lado de fora, um pescador. O caçador tem um título, um autor, às vezes um tema na cabeça. O pescador não sabe bem o que quer.

Sim, estar achatado numa mesa aparenta-se à pesca, mas uma pesca paradoxal, já que é o peixe que deve fisgar o pescador. Em princípio, a situação no alto de uma pilha não é melhor. Mas não é bem assim. O livro do alto da pilha às vezes fica um pouco gasto por ser manuseado; uma pequena dobra marca a capa, o exemplar fica um tanto aberto. Conhecemos então uma situação cruel. Um cliente nos pega, examina, lê, e depois compra o exemplar imediatamente abaixo de nós, deixando-nos lá como uma noiva de longa data que vê o noivo, no último instante, decidir-se por outra. Entretanto, a situação no alto da pilha é a minha preferida.

No decorrer do dia, passamos por todos os estados de ânimo. O tédio, quando a livraria está vazia ou quando ninguém se debruça sobre nós. A ansiedade, quando uma mão se estende, mas hesita entre vários títulos. Dá vontade de gritar: “Escolhe de uma vez! Pegue-me logo!”, mas os outros fazem o mesmo e só temos como argumentos, na realidade, nossa capa e nossas linhas. O ciúme, quando o pescador ou a pescadora prefere um vizinho a nós, sobretudo se é um vizinho de quem não gostamos. A dor átona, quando depois de folhear nossas páginas ele nos repõe no mesmo lugar. O gosto de seduzir, quando somos examinados sob todos os ângulos e objetos de um início de leitura. A necessidade de afeição, quando sentimos a possibilidade de uma ligação que poderia durar. A repulsa por certos clientes, que achamos vulgares e indignos de nós. O desejo, quando uma bela mulher nos acaricia ou manuseia.

O comportamento dos clientes também é variado. Um simples olhar. Um rápido pegar, mas sem ler nada. A leitura da quarta capa ou das orelhas, nos raros casos em que elas existem. A leitura de algumas linhas antes da compra ou do abandono. Estranhamente, eles leem geralmente as mesmas páginas, a tal ponto que o livro fica marcado. Enfim, há os que se instalam num canto e leem durante vinte minutos ou mais, após o que, com frequência, dão-se por satisfeitos. Não há dúvida que para muitos romances de hoje isso é suficiente. Às vezes é até demais.

O sonho: quando o livreiro nos elogia, introduz um pouco de humanidade no comércio. O livro não é um produto como os outros, isso já se disse e repetiu, mas livraria também não é um comércio como os outros, pelo menos uma livraria digna do nome. O que mais se aproxima dela é uma mercearia à antiga. Ou o farmacêutico de outrora que, conhecendo todo mundo, era quase personagem ilustre em seu bairro. Cria-se uma rede de relações. As pessoas precisam de produtos e, mais ainda, de calor humano.

Por isso, atualmente, uma livraria que junte a modernidade técnica e as práticas de outrora, com um livreiro que conhece e ama os livros e os clientes, tem futuro; pelo menos nos bairros onde os habitantes dispõem de certo conforto.

E depois, no grande dia, vamos em direção ao caixa. Finalmente vamos chegar ao objetivo para o qual, em princípio, fomos criados. Quantos confrades comprados são lidos? Não nos perguntamos isso. Saímos da livraria levados por uma pessoa sem saber com certeza se ela nos lerá ou se vai nos oferecer a alguém. Começa então a verdadeira vida.

18

CANDIDATO AO SUICÍDIO

Em Ravensbrück, descobrimos
que um livro era mais precioso do que pão.

GENEVIÈVE DE GAULLE ANTHONIOZ

O PROFESSOR THÉRON ia quase diariamente à livraria Sauramps, onde havia livros em consignação, para ver se a pilha diminuía. Intrigado com o vendedor que me lia sonsamente, Theron aproveitou um momento em que o rapaz estava ocupado para descobrir o que havia em minhas páginas. Ao fim e ao cabo, conseguiu levar-me por quinze euros, mas somente no início da semana seguinte.

Certa noite, vivi um momento muito intenso nas prateleiras desse professor de Lunel. O acaso da classificação alfabética pusera-me perto de um livro de Robert Brasillach. Escrevinhador brilhante, não um criador, que não teria passado à posteridade se não tivesse tido a sorte de ser fuzilado.

Meu vizinho de estante (da prateleira de cima) vivia com a vergonha perpétua de ter sido escrito por tal autor. Ele só aspirava à destruição.

Esse livro de Brasillach não tinha nada de repreensível em si, já que se tratava de uma antologia da poesia grega. A escroqueria e a alta-cultura podem fazer uma boa aliança, sabemos agora. Mas no espírito da *Antologia da poesia grega* havia ocorrido uma espécie de contaminação.

Enquanto ele falou, nós nos calamos, pois sabíamos estar diante de um problema crucial. Lembro-me de seu discurso palavra por palavra. Era articulado sobre uma ideia simples. Falou-se muito sobre o tema "escrever depois de Auschwitz". Chegou-se mesmo a proferir tolices a respeito do tema, como a ideia de que não seria mais possível escrever um poema depois de Auschwitz (quando a urgência de escrever poemas jamais fora tão grande). Segundo a avaliação da *Antologia*, faltava um livro intitulado *Escrever antes de Auschwitz* que mostrasse a responsabilidade dos escritores no cataclisma.

Ele via a obra começando por trechos de *Sobre os judeus e suas mentiras*, um livro de Lutero que surgiu em 1543. Encontra-se ali todo tipo de absurdo e todos os horrores do hitlerismo, salvo o extermínio (ele se contenta em desejar a expulsão dos judeus). Hitler, aliás, mandaria reeditar o livro. Apesar de todos os defeitos, Lutero continuava a atribuir uma alma aos judeus, e sua conclusão poderia ser a de Voltaire: "De qualquer modo, não é preciso queimá-los".

Restrição nada negligenciável, pela qual lhe somos gratos. Viriam depois outros autores: Edouard Adolphe Drumont, autor de *La France juive* (cento e cinquenta reedições em um ano), Vacher de la Pouge, Alphonse Toussenel e seu *Les juifs, rois de l'époque*, Blanqui, Céline, etc. O ponto alto, se podemos colocar assim, seria Brasillach, com a frase terrível, insuportável, que me faz estremecer todas as vezes que penso nela.

Brasillach dirige-se aos alemães que, com a cumplicidade do governo de Vichy, deportavam os judeus para a noite e o nevoeiro. Em seu *Je suis partout*, escreve ele a 25 de setembro de 1942: "É preciso separar-se em bloco dos judeus e não conservar as crianças".

Os alemães hesitavam em deportar as crianças por razões que, aliás, nada tinham de humanitárias. Apenas porque isso teria feito todos compreenderem que não se tratava de um encaminhamento para um campo de trabalho. Por seu lado, o governo de Vichy estava dividido por causa da reação do povo. Robert Brasillach, que sabia o que acontecia, chega a uma decisão.

A *Antologia da poesia grega* – um livro de capa branca da coleção Le Livre de poche – propunha-se a ajudar a publicação de um *Escrever antes de Auschwitz.*

Nossa conversa funciona frequentemente como um jogo de tosquia, cada um cortando a palavra do outro, mas naquela noite ninguém protestou. Depois disso, ninguém censuraria o general De Gaulle por se recusar a suspender a execução de Robert Brasillach. A *Antologia* aspirava apenas a uma coisa: desaparecer.

E, aliás, desapareceu. Um dos mistérios nas bibliotecas são os livros que desaparecem. Seu proprietário tem certeza que não o emprestou. Nenhuma possibilidade de ter sido roubado. Apesar disso, não se encontra o livro. Eu, que sei que os livros falam, pergunto-me se eles se deslocam também. Talvez, numa noite, a *Antologia da poesia grega* se tenha dirigido à lata de lixo.

A frase de Brasillach, entretanto, continua tão indelével quanto a mancha vermelha do casal Macbeth. Indigna para seu autor, para o diretor do jornal que a publicou, para os estudiosos e os editores que falam do sujeito tentando justificar essa ignomínia, vergonhosa para a própria humanidade. Só por ela, também me dá vontade de desaparecer.

19

CONVERSAS SOBRE AS MULHERES DE ESCRITORES

Seria muito difícil amar uma mulher
e a verdade ao mesmo tempo.

JEAN MECKERT

CURIOSO EM RELAÇÃO a tudo, o professor Théron era um grande consumidor de livros, mas seu apartamento exíguo e a ninhada de filhos obrigavam-no a se desfazer de uma parte dos volumes de tempos em tempos. Ele efetuava trocas frequentes com Pierre Clerc, um antigo livreiro de Montpellier instalado na rue Alexandre-Cabanel.

Depois de uma estada em Lunel, fiz parte de um desses lotes e vi-me durante dois anos no caloroso ambiente da loja de Pierre Clerc. Depois que anoitecia, conversávamos de uma estante a outra até o amanhecer.

Gostaria de evocar um desses momentos. Tínhamos falado a noite inteira sobre as mulheres, especialmente as do casal esposa-escritor.

ANA KARÊNINA

(Edição do século XIX)

Não sei se alguém já escreveu alguma coisa sobre a mulher do escritor, algum romance a respeito...

O SOL DAS INDEPENDÊNCIAS

(Ahmadou Kourouma, na edição original)

Não sei. Acredito que isso girava na cabeça de Ibsen, mas não me lembro mais se ele centrou uma obra nesse tema. Alphonse Daudet escreveu "Mulheres de artistas". Numa página, o que pensa o artista e o que pensa sua mulher em relação a isso. Mas não foram grandes livros. Vocês têm alguma ideia a respeito?

ANA KARÊNINA

Sim. Deixo de lado aqueles que, seguindo o exemplo de Jouhandeau, fizeram da cena doméstica sua base. Falo da maioria dos casos e especialmente dos escritores pouco conhecidos ou desconhecidos, dessas bizarras atrelagens entre o escritor e a "mulher do escritor".

L'OBSTINÉ

(Louis Nucéra, edição de clube de livros)

Estou numa posição privilegiada para falar do casal esposa-escritor. Faço parte dos exemplares de autor. São os livros que os editores dão ao autor e dos quais este faz o que quiser.

Há escritores que nem chegam a guardar um exemplar de cada uma de suas obras. Dão todos, como se quisessem livrar-se deles para pensar só no livro que estão escrevendo. Outros, pelo contrário, guardam cuidadosamente um exemplar de todos os seus livros. Nucéra era desses. E como sou dos primeiros, acompanhei toda a vida do casal. Espero não ser indiscreto.

Sans Frigo

(Renaud Ambite, exemplar de divulgação)

Ora, estamos entre amigos.

L'obstiné

Eu dizia que estou em posição privilegiada para falar da mulher do escritor, já que vivi quase quarenta anos na companhia do casal Nucéra. Deduzi então que a situação da mulher, no caso de que falamos, nem sempre é divertida. Ouvi várias vezes Suzanne Nucéra dizer: "Durante trinta anos vi apenas um corpo humano". E mesmo assim, no que se refere a ele, houve compensações, pois conseguiu certa notoriedade. Às vezes, o escritor, ou aquele que pretende ser um deles, faz a infelicidade de sua família a troco de nada.

Ana Karênina

Sobre a relação escritor-esposa, tive há tempos um vizinho de estante muito pessimista. Ele via nisso um caso-limite da situação geral. Para ele, o grande motivo do fracasso do casal é o seguinte. Começa-se pela fusão. Tornam-se um só, um só corpo por momentos, uma só alma o tempo todo, olhando juntos na mesma direção, vocês conhecem a canção. Mas há uma verdade que Espinosa exprime magnificamente: "O ser de um ser é perseverar em seu ser". Quando a febre amainar num deles ou nos dois, cada qual vai querer conservar seu próprio ser.

SANS FRIGO

Você não está alegre.

ANA KARÊNINA

A verdade talvez seja triste. Depois da fase da fusão, em geral breve, a esposa do escritor descobre que a mente dele está sempre longe. Não digo que ele vive com seus personagens, pois não sei se isso é folclore ou não. Sei que Balzac, no leito de morte, chamava por Bianchon, o médico de *A comédia humana*, nascido apenas de sua imaginação. O escritor vive sob a pressão da obra por terminar, aliás, mais por excesso de inspiração do que por falta. Geralmente o livro que está sendo escrito o atormenta, ele tem pressa em se livrar dele.

L'OBSTINÉ

Para terminar com Suzanne Nucéra, essa mulher sofreu, teve paciência, sacrificou-se de certa maneira e quando ia ser, digamos, recompensada, o marido, que adorava bicicletas, foi morto por um motorista imprudente.

O sol das independências

Balzac dizia que é necessário fazer livros ou filhos. Mas Tolstói teve treze filhos e *Ana Karênina*. Portanto a tese não se sustenta.

Ana Karênina

Vocês ouviram falar do diário da mulher de Tolstói? No gênero de mulher completamente esmagada por seu homem, é difícil haver melhor. Eles liam o diário um do outro, mas paralelamente Tolstói mantinha um diário secreto. Quando ele deixa sua propriedade Iasnaia Poliana para morrer numa estação de trem, recusa-se a receber a mulher.

O sol das independências

Sim, eu conheço. E conheço também *A sonata a Kreutzer*. É demais. Mas não podemos considerar bem-sucedido o casal formado por Sartre e Simone de Beauvoir, que os jornalistas chamavam de "la grande Sartreuse"? Ele teve o melhor da união e suas relações sexuais duraram alguns anos. Em seguida ela descobrirá que ele não era lá essas coisas como amante, se comparado a outros. Mas a vida inteira irão se apoiar, comparar suas obras. Uma história de amor e de criação muito bonita. Não sei se em toda a história da literatura existe outra tão bela. Talvez Abelardo e Heloísa.

Chair à papier

(Suzanne Bernard, *Le temps de cerises*)

Conheço uma situação que é o extremo oposto dessa. François Perche escreveu durante vinte anos escondendo-se da mulher. Ela não queria artistas em casa. Ele acabou se divorciando para se entregar a seu vício em completa paz.

Sans Frigo

Vamos evitar as exceções. Alguém precisava escrever um guia da mulher do escritor, intitulado *Você vem depois*. Ela vai sofrer à sombra do grande homem – que, nove vezes em dez, é um medíocre; se ele tiver sucesso, provavelmente não resistirá às garotinhas bonitas que passarão a borboletear em torno dele como por acaso.

Um quarto só seu

(Virginia Woolf; o livro está bem distante
e mal se escuta sua voz)

Como são machistas! Nem por um instante vocês pensaram no inverso, a mulher escritora e o marido que não escreve. Admito que sob esse ângulo as coisas ocorram exatamente da mesma maneira. Ainda assim com a diferença de que, mesmo hoje, nessa sociedade que se diz evoluída, é exigido muito mais da mulher que do homem.

La Pute Enchantée

(Frédéric Dard, San-Antonio)

Blablablá conhecido. Não tenho uma ideia exata sobre a questão. Mas para San-Antonio, a grande revolução (retrógrada) foi o aparecimento do *collant*. Ele fala disso numa dezena de livros. A seus olhos, a chegada do *collant* marcou o fim do erotismo. Frédéric Dard não é um estranho à questão que nos preocupa. Ele se tinha enforcado no celeiro. Sua primeira mulher o despendurou. Ela ouvira um barulho e saiu. Eram os pés do agonizante que batiam contra a parede. A tola o despendurou. Isso não o impediu de partir com outra. Eu não acuso ninguém.

Dicionário de citações
(Les Quatre Chemins)

O dia nasce. Os clientes começam a chegar. Proponho-lhes terminar com uma citação, que é de Peter Altenberg. Acho que toca exatamente no ponto. "A mulher suga-nos três quartos da energia. Mas se não a tivéssemos, não teríamos energia nenhuma."

20

A RIVAL

Perde-se o fogo
querendo transmiti-lo
a esses pedaços de gelo.
STENDHAL

A HISTÓRIA corria como um boato quando eu estava na livraria de Veyrier e me deparei novamente com ela na livraria de Pierre Clerc. Ninguém sabia se nascera da pena de um autor ou se era de fato verdadeira. Depois de verificações, concluiu-se que as coisas tinham realmente se passado assim.

Para a mulher de um bibliófilo, a biblioteca do marido tinha sido a única rival ao longo de sua existência comum. Diz-se que a paixão é aquilo que passa, mas para esse amante de belos livros o frenesi das aquisições sempre se mantivera no nível mais elevado. Finalmente, a esposa passara a ter aversão à biblioteca que tanto abalava as finanças do casal. Depois de algum tempo, as férias foram esquecidas. Uma nova edição original equivalia a menos um vestido. Cada qual vivia em seu canto, ela com seu ódio, ele com seu amor pelos livros raros.

Certo dia, quando o marido se ausentou por uma semana, a mulher resolveu aquecer-se queimando os livros, supremo sacrilégio. Ele chegou a tempo de evitar um desastre maior. Sua cólera fria mostrou à piromaníaca que seria melhor não recomeçar. O único volume que o marido conseguiu tirar do fogo, já bastante chamuscado, foi *A fugitiva*, de Proust.

A fim de evitar brigas, ele usou um truque muito simples. Com uma borracha, apagava o último zero do preço marcado no volume. Quando voltava para casa, conseguia convencer a mulher de que o mal não era tão grande.

Esse marido apaixonado pelos livros finalmente morreu. A mulher viu-se sozinha diante da rival.

Como todo colecionador, ele tinha um livreiro predileto que lhe abastecia de livros ou lhe fornecia pistas. Esse livreiro se mostrou decente e esperou algumas semanas antes de visitar a viúva, propondo-lhe comprar a totalidade ou uma parte da coleção. Ele encontrou a casa sem livros e a mulher lamentando não poder atendê-lo, mas ao mesmo tempo radiosa pela vitória sobre aquela que tinha estragado sua vida: “Recebi a visita de um livreiro que me comprou tudo pelo preço marcado!”.

21

UM AMIGO

Não compreendo como se pode passar ao lado de uma árvore sem ficar contente que ela exista.

FIÓDOR DOSTOIÉVSKI

COM TODOS os irmãos de papel que encontrei no decorrer de minhas atribulações, mantive trocas verdadeiras, mas só um dentre eles merece o título de amigo: uma tradução de *Crime e castigo* publicada no início do século XX que encontrei na livraria de Pierre Clerc.

Essa comunhão se estabeleceu em grande parte pela nossa admiração por Dostoiévski. Admirávamos a extraordinária coragem demonstrada pelo autor ao longo de sua vida. Estávamos também sintonizados com a maneira dele encarar o ser humano.

A coragem? Quando escreveu *Crime e castigo*, por exemplo. Em 1865, ele estava em Wiesbaden, estação alemã de águas perto de Frankfurt. O autor perdera seu dinheiro no jogo e teve até que se humilhar pedindo emprestados cinquenta táleres a Tourgueniev, de quem ele não gostava. O hoteleiro não lhe servia mais nada de comer, contentando-se em levar-lhe chá duas vezes por dia. Não lavavam suas roupas de baixo e se recusavam a renovar suas velas, apesar do hábito de Dostoiévski escrever à noite. Faminto, ele esperava o pouco dinheiro que lhe permitiria deixar a cidade maldita. Além da miséria, sofreu com o retorno das crises de epilepsia, doença que o acompanhou por toda a vida e que o fazia contorcer-se de dor, bater-se contra as paredes e rugir como uma fera espumando pela boca. Em seguida, ficava vários dias incapaz de fazer qualquer coisa. Apesar disso, conseguiu iniciar *Crime e castigo*, o primeiro de seus grandes romances. Insatisfeito, ele destruíra uma primeira versão, para recomeçar pouco depois, apesar da necessidade de dinheiro. A coragem é a qualidade que se encontra em todos os grandes escritores. Dostoiévski exprimiu claramente a fórmula do gênio: “Quanto a mim, só fiz levar ao extremo, em minha vida, o que vocês não ousaram levar nem à metade”.

Quantos foram destruídos pela colônia penal da qual Dostoiévski voltou regenerado. Quatro anos com correntes de dez quilos nos pés, colocadas e retiradas por um ferreiro, seguidos de seis anos de serviço militar, sempre na Sibéria. Humilhação, sofrimento físico – talvez ele tenha sido chicoteado, não se sabe muito sobre isso – e principalmente uma solidão total. Os mujiques fazem o escritor compreender que não é um deles. Em toda a Rússia, à época, ainda subsiste a servidão; os servos têm o privilégio do chicote comum, do *knut* e do *chat à sept queues* (chicotes com tiras de couro), tratamento do qual escapam os nobres. Mas na Sibéria não há mais nobres ou plebeus, apenas o ódio do povo em relação aos proprietários rurais que contam sua fortuna em almas.

Entretanto, Dostoiévski ali descobre o povo russo, ao qual ficará solidário. Descobre que, naquele que foi considerado por muito tempo o pior dos canalhas, pode haver um fundo de humanidade. Em *Crime e Castigo*, Raskolnikov mata uma velha usurária: o assassino estabelece uma distinção entre os super-homens que podem transgredir a lei moral e a tropa de fracos que se resignam ao destino comum. Para ele, o fim justifica os meios, conclusão que lhe trará muitos seguidores. Um crime não merece esse nome se permitir boas ações. Devido a isso, ele mata a velha agiota a machadadas. Um acaso infeliz, contudo, vai levá-lo a matar também do mesmo modo a irmã da usurária, que não merecia nenhuma censura. Quando ele diz a Sonia, a pequena prostituta de grande coração:

– Afinal de contas só matei um piolho, Sonia, um piolho inútil e nocivo.

– Esse piolho era um ser humano – a moça responde.

Concordamos que Dostoiévski nos ajudara a respeitar mais as pessoas na medida em que nos permitira compreender a complexidade do espírito humano. O homem não é bom ou mau. É bom e mau.

Foi dito com frequência que esses personagens eram excessivos. Entretanto a realidade estava à altura da ficção. Lembremos da morte do pai do escritor. Ele demonstrava sua avareza caricatural, tendo inclusive uma amante de onze anos que pegou na aldeia. Desde a morte de sua mulher, a quem espancava, apresenta-se bêbado da manhã à noite. Em sua propriedade, usa o porrete nas costas dos servos por qualquer motivo. Certo dia, os servos resolvem desforrar-se: amarram o senhor, obrigam-no a beber grande quantidade de aguardente, tentam asfixiá-lo garroteando-o. Como ele ainda resistisse, um dos mujiques torce-lhe a genitália com toda a força. O corpo entra em convulsão e depois se enrijece. Quando o padre chega, o proprietário ainda está vivo, mas já não consegue falar. Morre pouco depois. Explica-se ao sacerdote que o proprietário teve uma crise, o que é plausível porque os mujiques não deixaram marcas no corpo. Ninguém desmente essa versão oficial, caso contrário todo mundo iria parar na Sibéria. Brutalidade extrema. Ora, o jovem Fiódor, com dezoito anos, comprovara muitas vezes que esses mujiques eram capazes da maior ternura e compaixão. Mais tarde ele se perguntará: "Quem nunca desejou a morte do pai?".

Além da coragem de enfrentar a adversidade e pintar o homem tal como é, outro aspecto dessa personalidade nos sensibilizava. Sua "vitalidade de gato" (a expressão é dele) que lhe permitia recomeçar sempre. Ela repousava no amor pela vida cuja origem é uma cena trágica. Em 1849, aos vinte e oito anos, Dostoiévski é preso com outros intelectuais considerados subversivos. A 16 de novembro, toma conhecimento de que ele e seus companheiros foram condenados à morte. A 22 de dezembro são conduzidos ao local da execução. O padre desempenha suas funções. Três condenados são amarrados ao poste. Rufar de tambor. Os fuzis erguem-se. Chega então um oficial anunciando que o czar, em sua grande bondade, decidiu perdoá-los, enviando-os apenas aos trabalhos forçados. Um dos condenados enlouquece. Dominado por enorme alegria, Dostoiévski canta a plenos pulmões em sua cela até a partida para a Sibéria, dois dias depois. Vinte anos depois ele dirá que o dia em que escapou da morte foi o mais feliz de sua vida.

Pela boca de Dimitri Karamazov, evidentemente é o autor quem fala: "Vencerei todos os sofrimentos se apenas me puder dizer e tornar a dizer a cada instante: eu existo! Entre mil dores: eu existo! Crispado pela tortura: eu existo!... Estou amarrado ao poste, mas vivo, vejo o Sol, e se não o vejo, sei que ele existe!".

Acabei deixando a livraria de Pierre Clerc, mas aquele companheiro continua a viver em meus pensamentos. Os amigos têm esse ponto em comum com os escritores amados, que nós incorporamos.

22

BIBLIOTECA MUNICIPAL DE NEVERS

Essa faculdade criadora,
concentrada em si mesma,
ingênua, sonâmbula
e sem a qual nada de grande pode crescer,
não é mais possível.
Nossos espíritos atualmente são oferecidos
numa bandeja à publicidade.
Quem hoje não sabe se abster completamente disso
e não consegue se isolar à força está perdido.

JOHANN WOLFGANG VON GOETHE

PERIPÉCIAS rocambolescas levaram-me a passar dois anos na biblioteca de um presidente da República, depois do que me vi na biblioteca municipal de Nevers. Para não me arriscar a uma interdição, evito contar essas aventuras e me lembrar do que ouvi nessas estadas.

A biblioteca municipal de Nevers chama-se na realidade *Centro Cultural Jean-Jaurès* porque os arquivos e o conservatório de música são contíguos. É um belo espaço coroado por um vitral sustentado por uma estrutura de madeira cilíndrica azul. O arquiteto só se esqueceu da poeira que se depositaria nessa estrutura. A municipalidade pensa em confiar sua limpeza aos trapezistas dos circos de passagem, mas os circos não passam com frequência por Nevers.

Cheguei entre milhares de outros livros oferecidos pelo presidente da República. Na realidade, essa biblioteca tem uma característica notável. François Mitterrand, presidente da República de 1981 a 1995, mandou colocar ali quase todos os volumes enviados a ele por autores ou editores. As dedicatórias foram conservadas, quer tenham sido escritas no próprio livro ou à parte. Foram inclusive digitalizadas e estarão disponíveis pela Internet. A correspondência agregada é classificada por ordem alfabética e organizada em dossiês.

Durante nossas discussões noturnas, fizemo-nos frequentemente uma pergunta. O presidente desfez-se apenas dos livros que o atravancavam? Ele recebia três ou quatro volumes por dia e, de presente em presente, doou mais de vinte mil volumes. Talvez o projeto de doar os livros com as dedicatórias fosse muito mais maquiavélico, pois revelava situações às vezes bem divertidas. Certo jornalista normalmente hostil em seus jornais revela-se lamentavelmente adulador. Outro lamenta ser mantido afastado. Um determinado desenhista, que consideraríamos libertário, dedica habitualmente seus álbuns na segunda pessoa, o que não impede a deferência. Aqueles que se interessam pela natureza humana encontrarão ali um tesouro.

Nós, falastrões noturnos, organizamos uma antologia. Para as histórias em quadrinhos, fulano de tal ganha de todos:

> "Sou sempre totalmente apolítico (ver a dedicatória que lhe escrevi no meu último livro)... Mas continuo a considerá-lo, François Mitterrand, como um dos raros seres humanos dignos desse nome e portanto digno de minha maior admiração."

Datado de 5 de junho de 1987. Como se o presidente em exercício tivesse tempo de vasculhar entre milhares de obras para encontrar uma dedicatória, ou como se a tivesse guardado na memória.

Antes de voltar à antologia, que candura desses autores imaginarem que o presidente da República lerá os seus textos. A ingenuidade vai ainda mais longe quando o escrevinhador envia um manuscrito. Eis uma carta típica:

> "'Para que as coisas aconteçam, é preciso acreditar que elas possam acontecer', disse-me um dia Paul Guimard. Eu ficaria feliz e honrado se o senhor aceitasse ler este manuscrito e marcasse uma hora para falarmos de um eventual prefácio. Envio-lhe, senhor presidente, minha respeitosa homenagem."

Essa correspondência se encontra no dossiê "M". A "respeitosa homenagem" aparece com frequência no final das cartas. Ela deve aparecer num guia de boas maneiras, além do mais mal utilizado.

Outro escreve:

> "Tenho a honra de informar a Vossa Excelência que Lhe envio, em correspondência separada, um livro que acabo de editar em grande parte por conta do autor, que levei cinco anos para escrever e cujo título é..."

Com uma maiúscula no pronome pessoal como para Deus. Temos vontade de perguntar o que ele considera "em grande parte por conta do autor".

Deixemos de lado a "fidelidade" de um líder do movimento monarquista. Uma atriz, que aliás os jornalistas assinalaram, não está mal no seu gênero:

> "Ao senhor, Caro François Mitterrand, que me mostrou o caminho da evidência e iluminou uma noite, por acaso uma pequena vela que brilhará ainda por muito tempo no meu coração."

Como um escritor ligado à mídia: "A François Mitterrand a quem eu jamais vejo, infelizmente! Em sinal de amizade e respeito...". Outro, também ligado à mídia: "Ame-me ou respeite-me!". Um chargista tenta administrar o fel da sátira e o mel da lisonja:

> "A François Mitterrand, por quem tenho a maior admiração, ao contrário do que se possa acreditar por este livro cuja falta de respeito tem como único objetivo divertir os franceses de direita e de esquerda."

Em outras palavras: eu zombo porque isso vende, mas se o senhor precisar de um lacaio pode me chamar.

Alguns não economizam os termos: "Ao escritor, ao protetor das liberdades, ao estadista de preocupações planetárias." Ou ainda:

> "Senhor Presidente,
>
> Circunstâncias (felizes para mim) quiseram que meu trabalho poético fosse honrado pela Academia de Confins do Judas juntamente com a importante obra literária de sua autoria.
>
> Como uma homenagem, permita-me respeitosamente lhe enviar o volume publicado do meu último trabalho. Junto a isso também o manuscrito de um poema terminado há pouco e que faz eco a um drama vivido ultimamente. Agradeço-lhe a atenção, [etc.]."

Não se cansam disso: "Ao estadista e ao militante socialista, ao piloto e ao escritor, ofereço este modesto [...]". Com uma sugestão implícita para uma tradução em francês.

Alguns de nós ficávamos tristes com isso. Eu não. Eu me diverti bastante em Nevers. E encontrei ali pessoas tão gentis que tive a impressão de já estar ao sul do Loire. Agora que estou longe da região, pergunto-me se tive sorte em meus encontros ou se aquela gentileza é uma característica de Morvandiaux.

Eu devia terminar meus dias em Nevers, mas a vida é mais surpreendente que a ficção. Um leitor, vendo na página de guarda a dedicatória do antigo dono para o presidente, e além do mais com dois erros ortográficos, pensou que poderia extrair um grande prêmio de minha pessoa. Assim, fez-me entrar pela segunda vez na categoria dos livros roubados. Sem ter sucesso em seu projeto, ele me abandonou a um livreiro de livros usados que, antes de mais nada, arrancou a página de guarda com a dedicatória, obviamente apócrifa. Um par que acabara de se casar na pequena aldeia do marido e que voltava a Paris me comprou, juntamente com uma dezena de copos de pé e um bracelete para a madame.

23

LEITORES

Se você não lê pelo menos quatro ou cinco livros por semana, não sei o que está fazendo numa faculdade de Letras.

CAROLA, professora universitária

NO FINAL DO DIA de trabalho, Picasso passava mentalmente em revista a lista de seus amigos. Certa noite ficou perturbado porque faltava um nome. Por muito tempo fiz a mesma coisa em relação a meus leitores, relembrando as horas passadas com eles, enumerando-os. Agora, porém, alguns já desapareceram na sombra. Lembro-me apenas do senhor Germain, da bonitinha, do motorista de táxi devorador de textos, do senhor Théron, do doutor Platier, de Pierre Clerc, de um livreiro que comprava e vendia saldos e cujo projeto louco era ler tudo o que vendia, de outros menos pitorescos, de Sylvie e de seus fiéis. Do resto não me lembro.

Já tenho a sorte de nunca ter sido comprado sem que me lessem. Nas centenas de milhões de livros que saem das gráficas a cada ano, só para a minha região, com quantos acontece isso? E quantos vão ser guardados num lugar de onde não sairão mais? Na tranquilidade dos cemitérios.

Minha lembrança focaliza-se mais no modo como fui lido. Estabeleci uma tipologia. Os piores leitores são os que leem como se tricota. Mecanicamente, para matarem o tempo e não para viver. Ou para exibirem-se.

Eram o contrário do comerciante de livros de segunda mão da rue Duhesme – *Le Stand du Livre*, na Butte, onde passei uma temporada. Quando ele lê, de preferência romances, tem a sensação de que os caracteres alinhados estendem inúmeras mãozinhas que o agarram, querendo tirá-lo do cotidiano e mergulhá-lo nos problemas de seus personagens, fazendo-o esquecer completamente dos seus.

Espanta-se com a pergunta que lhe é feita constantemente: "Você lê?". Isso não tem sentido para ele. Sempre viveu no meio de livros e de pessoas que leem, como ele próprio. Perguntarem se lê é tão absurdo quanto perguntarem: "Você respira? Você come?". Ou algo semelhante. Não apenas vive em meio a um amontoado de livros dentre os quais se orienta perfeitamente, não sei como; é habitado por milhares de volumes que, no decorrer dos anos, passaram a enfileirar-se em seu cérebro. Ele não lê os livros, ele os vive.

Radicalmente diferente da leitura-tricô, essa outra leitura transforma e constitui a pessoa, modela-a, dá-lhe forma, quebra o campo de gelo que existe nela, e às vezes a eleva acima de si mesma.

Entre a leitura estéril semelhante a um jogo de sociedade e aquela em que o leitor mergulha com todo o seu ser existem numerosas categorias inter [mediárias] (*Manuscrito deteriorado e ilegível*).

(*Fragmento do manuscrito recuperado*)

A leitura parece-se com o amor. Você se sente pesado, percorre algumas páginas do livro sem de fato se interessar, na verdade está se entediando, mas não é um grande tédio, só um embotamento, uma monotonia, pouca coisa, e então você cai numa página que provoca uma comoção elétrica, o relâmpago versão literária, então reconhece nesse escritor um irmão, e diz a si mesmo que gostaria muito de ter escrito aquelas linhas, ou contenta-se em admirar porque ele exprimiu o que você sente sem conseguir se expressar, ou porque descobriu um aspecto de você mesmo; em todo caso a emoção passou, aparelhos de mensuração teriam podido registrar uma modificação do seu metabolismo, o princípio de vida foi reativado, o mundo retomou suas cores, você não está mais só, ama esse irmão ou irmã talvez morto há séculos; ele o acompanha por toda parte, misturase a seus pensamentos, regenera-o, você que está desmoronando, e eis que está prestes a saltar, adiante! adiante! Os pulmões incham, tempestade dos neurônios, a leitura despertou-o, tirou-o da apatia, criou em você energias insuspeitadas, reintroduziu a vida. Como o amor, a leitura é a pedra de afiar da alma.

24

O AUTOR DE MEUS DIAS

Tornar-se pássaro avaro
bêbado apenas com o voo das próprias asas.
Michel Leiris

Já que comecei a transgredir os princípios que estabeleci para mim mesmo, continuemos. Nas discussões noturnas nós nos perguntávamos muitas vezes a respeito dos que estão na origem de tudo: nossos autores. Pressionado pelas perguntas sempre tergiversei, tentando fazê-los acreditar que não me lembrava. Na realidade sei muito bem o que aconteceu a meu genitor.

Sua vida articulou-se em dois tempos. Na primeira metade de sua existência foi um homem normal, estimulante como eu próprio, imperturbável, ao qual as pessoas frágeis se agarram de bom grado. Em seguida ocorreu a grande reviravolta sobre a qual quero dizer algumas palavras. A que atribuir essa grande virada existencial, a uma mulher ou a um livro? Pois só há verdadeiramente duas coisas que podem mudar a vida de um ser humano: um grande amor ou a leitura de um grande livro; a morte de um ente querido também, mas isso no sentido da desarticulação.

Para a hipótese do grande amor, penso na fórmula-choque de Pavese: "Pode acontecer de a mulher encontrar um destroço humano e decidir fazer dele um homem são. Às vezes ela o consegue. Pode acontecer que a mulher encontre um homem são e decida fazer dele um destroço humano. Ela é sempre bem-sucedida nisso". Fórmula-choque sim, talvez mais espetacular que profunda. Não tenho muita informação sobre esse ponto e nada que possa reforçar a hipótese mulher.

Um livro? Sei que ele foi muito marcado pela leitura de um romance pouco conhecido de D.H. Lawrence, *O homem que amava as ilhas*, mais uma novela longa. O personagem principal vive numa ilha, administrando uma fazenda como meeiro e dispondo de tudo para levar uma existência normal. Passa em seguida para uma segunda ilha, depois para uma terceira. A cada vez, as atividades, os meios disponíveis e a rede de relações reduzem-se. O romance termina no inverno, na terceira ilha. O personagem toma conhecimento de que o barco que faz a ligação com a ilha não chegará. Vê a neve cair continuamente. O leitor compreende então que ela vai engolir tudo, inclusive o personagem.

O ponto de partida de meu autor era simples. Retirar-se completamente do mundo para atrelar-se à Grande Obra. No livro que deveria causar impacto mundial, *O alívio*, ele contava o projeto de um escritor tentando descobrir seu verdadeiro eu.

Para fazer isso, o protagonista foi se despojando progressivamente de tudo que pudesse entravar essa busca do absoluto.

O autor do livro alinhou-se ao personagem. Começou desembaraçando-se de seus semelhantes, instalando-se numa espécie de *dacha* [casa de veraneio] que tinha em Touraine. Vivia em meio a uma multidão de animais, dentre os quais uma macaca. Os raros seres humanos que entravam em seu campo de visão – faxineira, jardineiro, carteiro ... – só eram apreciados em função de seu coeficiente de utilidade.

Depois dos homens e dos animais, ele começou a se desembaraçar de seus móveis e quadros. Todas as paredes eram nuas e brancas. Só não se conformou em se desfazer dos tapetes, belos tapetes que se sobrepunham, como se faz no Oriente. Em seguida passou a reduzir sua biblioteca. Todos os meses, caixas de livros eram encaminhadas aos sebos. No final, ficou apenas a última leva, que ele considerava impossível de se desfazer: Nietzsche, Montaigne, Faulkner, Stendhal, Dostoiévski, Pascal, Rousseau, Proust, Sófocles, Kafka, Cervantes. Dentre os sobreviventes estavam também alguns autores menos consagrados pela tradição: Buzzati, Ionesco, Sartre, Soyinka, Camus, Borges e alguns outros, sobretudo poetas.

Ele passara também a tornar o próprio corpo mais leve, comendo cada vez menos, emagrecendo. Certo dia decidiu até livrar a língua francesa de palavras que soavam mal e que lhe pareciam equívocas. Ele riscava seus dicionários com lápis azul. Assim, a expressão "solução de continuidade" foi banida porque propiciava sistematicamente contrassensos. A mesma coisa em relação ao adjetivo "concupiscente", cujas sonoridades, temos que reconhecer, apresentam relações curiosas com o que designa. O ideal seria manter o vocabulário, como Racine, em mil e quinhentas palavras. Uma lenda, aliás.

Apesar de todo esse trabalho de despojamento, sua busca do verdadeiro eu foi em vão. Sem dúvida porque não existe um verdadeiro eu. A ideia do verdadeiro eu, além da socialização e do condicionamento, é uma quimera de poeta. A ideia de extrair sua pura essência, de tornar-se transparente a si mesmo, de situar-se no coração das trevas, era uma loucura. A ascese foi levada a tal ponto que certa manhã, diante do espelho, viu-se diante da impossibilidade de achar seu próprio nome. Nesse dia, ele teve medo.

Foi possível reconstituir seus últimos anos graças às tagarelices dos inúmeros livros que dispersou. Mas o mistério de sua morte permanece. Diante do fracasso de sua busca, teria ele também se despojado da vida? Sabe-se apenas que não deixou nenhum manuscrito e que destruiu cuidadosamente o disco rígido de seu computador.

Acredito ser compreensível quando finjo ignorância ao me interrogarem sobre ele. Entretanto sua história interessaria a todos aqueles que se lançam de cabeça na escrita. É bom saber que, se não se empregar algumas salvaguardas bem-escolhidas, escrever enlouquece. Saibam também que o verdadeiro eu não existe. No final do último despojamento, o homem descobre que é apenas um saco de excrementos um pouco sofisticado e sempre prestes a estourar. O fato de isolar-se completamente do mundo para escrever conduz irremediavelmente ao fracasso. É muito necessário isolar-se, buscar o recolhimento e a serenidade, mas deve-se fazer isso no meio dos homens. A tranquilidade do escritor? Acho que só pode ser encontrada no olho do furacão.

25

SOBRE A IMORTALIDADE

Alguns povoados do Orenoco não existem mais:
de seu dialeto ficou apenas
uma dúzia de palavras
pronunciadas no cimo das árvores
pelos papagaios novamente livres.

François-René de Chateaubriand

Um dia – não será bem um dia – neste planeta restarão apenas milhares e milhares de átomos disseminados no Universo. Os poetas, às vezes, evocam o momento em que restará apenas o vento soprando sobre o mar. E ainda é muito. O próprio mar voltará a seus átomos primeiros, e o vento não sopra nos espaços siderais. Vinda da poeira do cosmos, a Terra voltará a essa poeira. Há muito a humanidade se terá evaporado.

Todas as civilizações inventaram fábulas consoladoras para tentar mascarar semelhante verdade; no entanto, os olhos dos homens descerram-se. Notam-se alguns sobressaltos de religião, mais de religiosidade ou de fanatismo, aliás, mas a verdade, que alguns consideram triste, está lá. Batemos com a cabeça numa parede atrás da qual não há nada. Nada de divindade mais ou menos benevolente que nos permita usufruir prolongamentos. É preciso lidar com isso, ou melhor, é preciso lidar sem isso. Para o indivíduo, claro, mas também para toda a humanidade, o único futuro é o túmulo.

Por isso acho ridículas as pretensões de meus companheiros de prateleira que falam tão facilmente da imortalidade. Em meu depósito superaquecido, um irmão de tiragem exprimia o desejo de ver-se na Biblioteca Nacional, como depósito legal. Para ele isso era uma garantia de eternidade. Achei-o bem ingênuo.

Nas bibliotecas, realizam-se operações de limpeza. Nas estantes, uma parte dos livros desaparece para dar lugar a outro contingente. No melhor dos casos, o livro condenado é microfilmado ou escaneado. Não é o gênero da Biblioteca Nacional [da França] porque seu papel é o de conservar tudo. Mas ante o fluxo incessante e cada vez maior de novos livros, seus administradores deverão decidir um dia se "fazem a limpeza", isto é, se enviam os livros para o descarte.

Sem se falar que indo para a BN, mesmo com a garantia de se estar registrado num fichário eletrônico passível de ser consultado de qualquer lugar do planeta, meu colega arrisca-se a nunca ser lido. Além disso, os bastiões da BN um dia estarão reduzidos a escombros. Acho que seria preciso guardar os tesouros dessa biblioteca em pleno Massif Central, em silos semelhantes aos que abrigam nossas ogivas nucleares. É melhor evitar a palavra imortalidade.

Além do desaparecimento no cosmo e nas ações terroristas, a esperança de sobrevivermos, frágeis maços de papel, é precária. Nossos inimigos são inúmeros.

Alguns sobrevivem a todas essas armadilhas. Numa vitrine da fundação Martin Bodmer, em Cologny, perto de Genebra, o visitante pode ver uma bíblia de Gutenberg, um incunábulo cuja vida ultrapassou meio milênio. Tudo é feito para que ele ainda resista a vários séculos, mas um dia Genebra e sua região serão engolidas por águas descidas das geleiras.

É preciso contentar-se com alguns séculos e reconhecer que não é nada mau ter feito várias gerações vibrarem, ter inspirado outros escritores que nos prolongam enquanto materialmente nos apagamos. Entretanto, fico bastante orgulhoso de representar para meu autor uma espécie de prolongamento. O escritor só está verdadeiramente morto com seu último leitor. Aliás, o livro também.

26

COMO VIRÁ VOCÊ?

Nada ou muito pouco
será preciso para que eu me dissolva.
MAURICE SCÈVE

PARA UM LIVRO, há mil maneiras de morrer. Eu me pergunto com frequência qual será a minha. Ao ritmo de batidas contadas do coração? Ou brutal como a guilhotina? Queimado? Afogado? Presa de insetos pacientes ou de roedores mais apressados? O mal já está em mim, num papel destinado à dissolução, numa tinta que se apaga, numa cola que se quebra depois de ressecada?

A morte é sempre algo imbecil, mas há mortes mais imbecis que outras. Desaparecer no vazio-lixo porque a cafeteira foi derrubada em cima de você, porque o pote de creme da madame vazou em sua bolsa ou porque um pirralho cretino o reduziu a farrapos não é glorioso.

Também acontece de um leitor fazer uma limpeza nas estantes porque seu apartamento é pequeno. Então organiza dois lotes: os livros que vai conservar e os que passará adiante. O volume está nas mãos dele, que hesita por um instante e pronto! Lá vai você para a pilha dos condenados.

De que forma virá a morte? De um bibliotecário que se desfaz de livros. De um livreiro que me mutila, ficando apenas com as ilustrações de Mulatier, que venderá isoladamente, jogando o resto no lixo. De um leitor que me acha gasto e me substitui como se faz com uma velha amante, extraindo o prefácio do banido para colá-lo no interior do novo exemplar, se a edição for diferente. A umidade tornando as páginas ilegíveis depois de uma longa estada numa caverna, as marcas, as manchas marrons da velhice. Estripado por um amador que gosta de ficar apenas com as páginas que ama para prendê-las umas às outras (Voltaire fez isso com os livros de Rabelais). Objeto de um solene auto de fé dos militantes de qualquer religião ou ideologia. Papel higiênico nos banheiros de campanha. Destruído por ordem da censura. Destruído por decisão comercial. "Como virá você? – tenho me perguntado muitas vezes – E quando?".

Mas Tu, quando virás?
Estendendo um dia Tua mão
sobre o bairro em que moro
no próprio momento em que me desespero...

O admirável Michaux exprimiu essa inquietude.

Saindo do Éter, não se sabe de onde, debaixo
talvez de meu eu convulsionado;
lançando meu fósforo no Teu infinito,
e adeus...

Detestável.

Também me pergunto com frequência: "Como enfrentarei isso?". Já me ocorreu ceder à ilusão de um além. Eu o imagino às vezes como uma imensa biblioteca cujos projetos teriam sido desenhados por Piranèse, com Borges e Calvino como conselheiros técnicos. O Conservador supremo seria o Crítico literário absoluto que, além de toda subjetividade, classificaria os livros produzidos desde o início da humanidade em sete círculos, indo do paraíso ao inferno. Ele possuiria o Saber e essa classificação seria definitiva:

PRIMEIRO CÍRCULO.
Escrita genial.

SEGUNDO CÍRCULO.
Escrita muito boa.

TERCEIRO CÍRCULO.
Escrita boa.

QUARTO CÍRCULO.
Escrita banal, às vezes com iluminações, um relâmpago, um voo.

QUINTO CÍRCULO.
Escrita correta, mas rasa, falta de imaginação, nenhum senso do que é a literatura.

SEXTO CÍRCULO.
Escrita certinha.

SÉTIMO CÍRCULO.
Nem sequer domina sua língua.

Não direi ao leitor onde me situo nesse quadro, e convido-o a situar-se nele se for um adepto da pena. Divirto-me em imaginar uma sobrevida eterna sob essa forma ou outra, mas para dizer a verdade não acredito.

Vou morrer como uma vela, soprada de repente no final de suas reservas de cera. Sem qualquer sobrevivência de uma alma. Diz-se que nos homens é o próprio corpo que sobrevive por algumas horas ao que chamamos de alma (a barba continua a crescer, por exemplo); a alma levantaria voo com o último suspiro. Para os livros, não sei.

Se por acaso teve-se uma vida boa, essa extinção total não tem nada de assustadora; é o meu caso, gratificado por uma bela vida. "Será como uma parada brutal do trem / bem no meio do campo num dia de verão". Só há um além na lembrança dos que vêm depois de nós. O verdadeiro túmulo dos mortos é o coração dos vivos, diz o poeta. A sobrevida está nos nossos corações.

Prolongamento fugidio, a fumaça que sucede à extinção da vela. E depois a noite. De tudo que se fez, amou, esperou, não sobrará nada, e está bem que seja assim. Circulem. Censuram-me com frequência por citar e preciso me defender escrevendo um elogio da citação. Mas acontece que um escritor se expressou tão bem sobre um ponto que a única coisa que alguém pode fazer é se curvar. Ninguém exprimiu tão bem em tão poucas palavras a ideia da morte comparada a uma ida sem bilhete de volta quanto René-Guy Cadou, no poema “Só ida”, do qual cito somente, com pena, as últimas linhas:

Nada restará do viajante
Na rede furada das últimas viagens
A mínima alusão
A mínima bagagem
O vento da derrota terá levado tudo.

27

SALVO POR UM TRIZ
OU O ESQUARTEJAMENTO

Senti pela primeira vez
toda a doçura de viver,
numa cabine do Expresso-Norte,
entre Wirballen e Pskov.

VALERY LARBAUD

POR MUITO TEMPO acreditei não haver morte mais atroz do que ser roído pelos camundongos ou destruído pelo fogo. Esquecera o esquartejamento. Entretanto tudo já tinha começado. Tente se pôr no meu lugar. Você está no Paris-Roma das 14h24, na primeira classe, na prateleira que separa dois jovens casados. Uma bela mulher de Guadalupe, confortável na sua pele de mulata de olhos verdes. O homem, difícil de situar, dez anos mais velho que ela, sem um grama de gordura e também confortável em seu corpo. Os dois com alianças de ouro recentes e valises sem dúvida compradas para a ocasião: duas grandes valises iguais, estalando de novas, de pele de porco, uma ao lado da outra, com o nome do fabricante bem visível: Butor.

Você está ali na prateleira, feliz com a felicidade deles. Sozinhos no compartimento, eles sorriem um para o outro, tocam-se, respiram-se, achando que estão no auge de seu amor, quando sem o saber já se encontram no início do declínio. Talvez não se devessem ter casado, talvez devessem ter mantido as respectivas vidas em aberto. O único livro que haviam trazido era eu; e antes da partida, tinham começado a me descobrir.

Com o barulho do trem, você não entende tudo o que dizem, mas sabe que discutem para saber quem vai me ler primeiro. Nenhuma agressividade na discussão. Então, surpreso, você de repente entende a decisão deles. Vão cortar-me ao meio e cada qual me lerá individualmente. Você tenta falar com eles, suplicar aos gritos que não façam isso, mas eles não estão em condições de ouvir nada.

Então você fica ali, incapaz de reagir, enquanto os pombinhos riem e decidem te esquartejar. Ele tira uma caneta-punhal do paletó e, com muita delicadeza, rapidamente e com grande precisão, corta-me em dois. A dor é fulgurante. Em seguida você se espanta por não sentir mais nada e até por gozar de uma felicidade rara, a de ser lido por duas pessoas ao mesmo tempo. Você está nas mãos deles, a primeira metade na dela. Você gosta muito de seu perfume *Samsara*, da Guerlain, e um pouco menos da água-de-colônia dele, *Desire*, da Dunhill.

Como foi que a situação começou a degradar-se, nas proximidades de Milão? Ela faz um carinho um pouco particular no marido, que pergunta sem muito tato se fazia isso no outro, pois é um desses homens que tem ciúmes dos que o precederam no coração e no corpo das mulheres que amam, um ciúme retrospectivo. Não aplicam o preceito africano: "A mulher é como a senda na floresta. Não te preocupes com quem passou antes ou com quem passará depois".

Você mesmo está perturbado com essa tensão que aumenta, sente que não é tão bem lido. Elementos estranhos intrometem-se, o cotidiano invade o intemporal. A leitura não desempenha mais seu papel de arrancar o leitor de suas preocupações para fazê-lo compartilhar as de seus personagens. Entre Gênova e Pisa, eles não leem de fato, apenas fingem. Você sente que a crise se aproxima. Então ela estoura quando nos aproximamos de Roma. Ele está furioso, pega sua valise e pouco antes de abrir a porta do compartimento, joga-te no rosto da moça, isto é, joga a metade dele e vai instalar-se em outro lugar. Fico ali no chão; limpo sem dúvida, mas ninguém imagina o que pode ter num carpete desses. Você se pergunta se ainda tem chance, se ela vai te recolher. Mas não: chegando em Roma Triburtina, ela não te pega do chão. Apenas te empurra com o pé, um tanto raivosamente, para abrir caminho.

Sua segunda metade vai parar com os jornais abandonados pelos viajantes. Será que ela guardará a primeira? As chances são poucas. Ela já está longe. Entram as equipes de limpeza.

A moça já saíra da estação quando bruscamente volta correndo, deixando a valise com um motorista de táxi atônito. Sempre correndo, chega ao trem, encontra seu vagão e conversa com os encarregados da limpeza, que a deixam vasculhar nos sacos plásticos; então me encontra, aperta-me ao peito e refaz o caminho com passos rápidos. Terá pensado que ao me reconstituir aumentaria as chances de restaurar o amor deles? À tarde, procura um encadernador de alto nível, Jean Luc Honegger, cujo trabalho admirou em Genebra; sem conseguir encontrá-lo, ela me cola novamente como pode, mas com tanto cuidado que só me resta uma longa cicatriz pouco visível na lombada.

28

GOLPE DURO

Impõe tua chance, abraça a felicidade
e vai em direção a teu risco!
Olhando-te, eles se acostumarão.

René Char

Meus interlocutores noturnos sempre me incentivaram no projeto de contar minha vida de livro, pois tinham a sensação de que ao falar de mim eu falaria deles também. Muito me ajudaram com suas ideias, seus conselhos diversos e mais ainda com seus estímulos. Achavam original essa ideia de um livro falando de si mesmo, independentemente do conteúdo. Eu também. E ao mesmo tempo pensava na frase de um amigo benévolo: “Mas isso já foi feito vinte vezes!”, embora não conseguisse citar um único título.

Entretanto nada ocorria, o que me fazia considerar esse plano um pouco como o ovo de Colombo. Ora, hoje mesmo, antes do anoitecer, meu vizinho *La Comédie de Terracina*, um romance de Frédéric Vitoux, fez-me cair na real. Informou-me que seu autor fizera para um semanário a resenha de um pequeno livro do italiano Andrea Kerbaker, *Dez mil,* da Grasset. Acreditando-se no resumo de Vitoux, as semelhanças são impressionantes. Para enfatizar mais a questão, meu companheiro de estante acrescentou, sem maldade, que existia outro escritor, o tcheco Bohumil Hrabal, cujo romance tratava do tema do descarte, a história de um homem que por trinta e cinco anos enfurna livros numa prensa e finalmente acaba ele mesmo se atirando nela. Embora esse segundo caso seja muito diferente do meu, para Kerbaker a semelhança é evidente.

A notícia de ter tido um precursor não me abateu. Experimentei apenas uma cutucada no coração e achei engraçado também. Cheguei até a me dizer que se procurassem bem nas literaturas do mundo certamente achariam outros exemplos. Consultei manuais de literatura. Nada.

Eu tinha investido tanto na aventura que essa notícia deveria me derrotar. Não houve nada disso. Minha lendária capacidade de recuperação funcionou mais uma vez. Aliás, eu me questiono muitas vezes sobre a sorte de ceder ao abatimento por apenas dois dias quando há uma crise.

Existem pessoas que têm em si um núcleo vital, uma espécie de central nuclear infatigável que só a adiantada velhice pode destruir. Victor Hugo é um exemplo espantoso disso. Em outros, ao contrário, a central é dilapidada. O pessoal da área de Psicologia vasculha a cabeça para tentar consertar essa central, enquanto ao mesmo tempo se diz que é possível remendá-la. De onde vem essa força interior? Pouco importa, o essencial é que a tenho.

A notícia não só não me dissuadiu como também encorajou meu projeto. Imediatamente tratei de racionalizar para me convencer a prosseguir. Nunca se é o primeiro. Uma tese inteira foi dedicada aos textos literários centrados sobre a memória afetiva que precederam a famosa madeleine – as pervincas de Rousseau, os tordos de Chateaubriand, etc. Mesmo assim, Proust conquistou definitivamente o espaço e se apropriou do tema.

O gênio – eu não me aplico o termo – não consiste em descobrir terras novas e sim em explorar sistematicamente e melhor que os antecessores as terras há muito exploradas. Já exprimiram isso muito bem. Na literatura, assim como na criação em geral, o roubo só se justifica pelo assassinato.

Levando-se isso em conta, minha situação não é desse tipo, já que eu só descubro esse irmão espiritual por ouvir dizer e no final do percurso. Guardando todas as proporções, não fui mais inspirado por Kerbaker do que Julien Gracq em *Deserto dos Tártaros* para escrever *O litoral das Sirtes*. Enfim, de qualquer modo encontrei boas razões para confirmar o que tinha vontade de fazer.

Falei dessa aborrecida descoberta com meus vizinhos de estante. Todos me aconselharam a ser fiel ao meu grande princípio – que eles conhecem bem porque o repetimos em nossas discussões noturnas: “Não nos deixemos minar”.

Não apenas não abandono meu objetivo, como o que teria sido para outro uma notícia ruim me deu mais um motivo para ir até o final, aceitar o desafio. Será preciso conquistar o espaço. Na realidade, não tenho escolha. Preciso deixar tudo isso para trás. A pressão é tão forte que não tenho a sensação de escrever a narrativa de minha vida: é a narrativa que me escreve. Irmãos de papel, fortaleçam-me, sustentem-me, façam convergir para mim seus influxos para que ninguém no mundo possa dizer que eu não sou melhor do que aquele outro autor!

29

A RETA FINAL

A morte nos meus calcanhares
e o amor no coração.

ALBERTO DERASSE

VIVI COM intensidade suficiente para deixar para trás toda uma existência. Conheci pequenos sofrimentos. Dobraram minhas páginas, deterioraram minha capa. Mas evitei as grandes humilhações, os dedos grudentos dos devoradores de coxinhas de galinha quando vivi sob as pontes, ou o tratamento que *D*, diretor das edições *A*, inflige aos livros, sejam os de sua casa ou os de outra editora; ele arranca sistematicamente as capas dos volumes e às vezes até os cadernos ou as páginas que mais lhe agradam, para relêlas no restaurante ou no carro. Quando a ruína me ameaçou, sempre achei uma mão amiga para me salvar do desastre; em dois momentos, e nas duas vezes, mãos de mulher.

Sublinharam minhas frases, escreveram em minha pele, o que não me perturbava muito, desde que fosse a lápis. Certo dia, isso propiciou uma cena divertida num trem. Meu leitor utilizava-me como se eu fosse um caderno, sublinhando, fazendo um índice, escrevendo algumas palavras. Um menino virou-se para a mãe e disse: "Aquele homem está rabiscando o livro!". Fora proibido de rabiscar os volumes da biblioteca e lá estava ele vendo um adulto de paletó e gravata fazer o que lhe era proibido. Desde então certamente deve ter tido outras surpresas.

Já me questionei muitas vezes sobre o comportamento do editor que secciona os livros. Em minha opinião, não devemos encarar seu gesto como desprezo, pois é um grande leitor e um editor de qualidade. Sua atitude seria mais uma vontade de apropriação, como é o caso de outras práticas mais distintas, o *ex-libris*, por exemplo; um modo de dizer: "Este livro é meu e de mais ninguém". Até quem corta as páginas de um livro tem uma sensação particular geralmente próxima da defloração.

Fora o importante esquartejamento do Paris-Roma, logo consertado, tenho tido apenas os pequenos sofrimentos que curtem nosso couro e nos imunizam. As alegrias superam as dores. Já falei bastante de minhas felicidades: elas me ajudam a viver e sobretudo sustentam a ideia de que, quando eu for materialmente destruído, reciclado ou reduzido a cinzas, meu conteúdo se prolongará no espírito dos que me leram e até além disso. Talvez um escritor seja inspirado por uma palavra, uma imagem, a estrutura de uma frase ou um parágrafo do meu texto. Somente através disso se pode dizer que é possível uma "alma" durar tanto quanto a humanidade.

Vou comparar isso com as civilizações, mortais como são. As do antigo Egito, da Mesopotâmia, da China, da Grécia, de Roma, da África tradicional ou da América pré-colombiana estão mortas, mas só parcialmente. Isso vale especialmente para os latinos, cuja língua, por exemplo, serve para nomear as flores no planeta inteiro. Ou para os gregos, cujas raízes ou conceitos se tornaram universais. Na verdade isso vale para todas as civilizações que morreram formalmente, mas que, em graus diversos, sobrevivem na substância.

Acontece o mesmo com os livros. Por isso minha afirmação de que um livro só morre com seu último leitor é verdadeira somente pela metade. Ele morre quando todo traço do que conteve desaparece da memória dos homens, momento difícil de se determinar. Nesse sentido, os grandes – Shakespeare, Montaigne, Nietzsche, Dostoiévski... – são realmente "imortais" em relação à duração da humanidade, se entendermos que só desaparecerão com o último homem, mesmo se suas obras forem destruídas.

Resta uma pergunta que me atormenta e que posso resumir assim: serei eu um dinossauro? Com a tiragem de 800 exemplares, impresso num belo papel *bouffant* de 90 gramas, numerado, planejado graficamente com o maior cuidado, o que tenho a ver com o livro industrial de hoje, impresso em Cameron ao ritmo de 7 mil exemplares por hora, dois por segundo, distribuído em toda parte no mesmo dia graças a estruturas muito eficazes, promovido por todas as mídias de propriedade do editor, desaparecido do mercado seis meses ou até um mês depois, e que nem os vendedores de livros usados querem ver? Serei eu desde já um produto para arqueólogos, como uma ânfora romana?

Às vezes tendo a conviver com esse sentimento; sobretudo quando não sou alvo de um gesto de simpatia há meses e beiro a depressão. No entanto, se acreditar no que se diz à minha volta, tenho que ver as coisas de outro modo.

O mundo da edição está prestes a tornar-se dual. De um lado, o universo da edição dominado pelos livros considerados "comerciais". Em certas editoras eles ditam a lei. Em suas salas, a densidade de besteiras por metro quadrado bate todos os recordes. Não somente ali as pessoas não leem e nem são atraídas pelas coisas do espírito, como se chega a constatar nelas um ódio à inteligência. Que aliás se explica muito bem. Como sabem que devem tudo aos autores, então se vingam. Ou tentam passar sem eles. Para celebrar seu aniversário, um dos maiores editores locais distribuiu aos convidados livros encadernados contendo apenas páginas em branco. Alguns ironizaram: "É o sonho deles!".

Paralelamente a esse universo dos *best-sellers*, como diz Pierre Enckell, subsiste toda uma corrente de edição para a qual a preocupação comercial não é prioritária, e que busca conciliá-la com o gosto da beleza, do novo, das descobertas, da revolta e – pronunciemos a palavra, não tenhamos vergonha – da inteligência. O grande editor é um sonhador realista. Ele ainda é encontrado em inúmeras pequenas editoras e até em algumas grandes.

Entre meus confrades, concluímos que essa dualidade sempre existiu. Uma questão de dinheiro vai levar Gutenberg a morrer na miséria. Mas houve sempre uma contracorrente no grande rio da burrice. Os dinossauros são talvez esses grandes calhamaços com tiragem de centenas de milhares de exemplares e dos quais não se falará mais daqui a três anos. Como não se fala mais de Scribe, que triunfou no teatro de seu tempo (quando Stendhal estava na sombra). Nós, os pequenos, os sem classificação, estaremos ainda lá, na banca de um vendedor de saldos ou de um vendedor de livros de segunda mão, o último refúgio da liberdade. E resistimos, seguros de nosso feito. Só morreremos com o último homem. Estamos sempre vivos!

30

NÃO SE PODE DIZER TUDO

Só escrevi [esta carta] mais longa
porque não tive tempo de fazê-la mais curta.
BLAISE PASCAL

DESDE QUE falei com os irmãos de papel sobre o projeto de contar minha vida de livro, surgiram sugestões de toda parte. Deveria falar do livro que enlouquece, do livro transformado em ervanário, do que serve para matar moscas, do livro cujas páginas enroladas as crianças se servem para limpar o nariz, daqueles com que se limpam as unhas (nos dois últimos casos não vejo muito como, mas parece que ocorre), do livro recuperado por um trapeiro, daquele com que se calça um móvel, etc.

Contaram-me histórias surpreendentes ou encantadoras. Esta é de um pescador de Versoix, na Suíça: Marc Schweizer arrancava as páginas dos livros para fazer pequenos cartuchos como aqueles utilizados pelos vendedores de castanhas;

colocava nesses cartuchos as minhocas tiradas de sua reserva para não ter que abrir constantemente a caixa. Meu vizinho deve a própria sobrevivência à fragilidade de seu papel, logo substituído por outro mais forte.

Eu soube que jornais como *Le Fígaro* ou *Point de vue*, que organizavam concursos "culturais", digamos assim, tinham parado de fazê-lo a pedido dos bibliotecários. Os concorrentes – triste natureza humana – arrancavam páginas dos livros contendo a informação útil não apenas para ganhar tempo, mas também para impedir os outros de acharem a resposta. Dezenas de milhares de livros foram postos fora de uso desse modo. Mesma coisa, aliás, nas universidades. Quando um professor recomenda um artigo ou um capítulo, aparece sempre um malvadozinho para extraí-lo com uma faca.

Com o mesmo impulso e partindo de boas intenções, professores de Francês ou História pediram aos alunos para ilustrarem seus cadernos. Os Centros de Documentação (Cedoc), novo nome das bibliotecas nos estabelecimentos escolares, sofreram as consequências. Os alunos recortam cuidadosamente as imagens que lhes interessam de modo que os livros logo se assemelhem a um queijo *emmenthal* (o *gruyère* não tem buracos).

Um dos tagarelas noturnos falou-me de um escritor americano evocando uma cena que o surpreendera e revoltara um pouco. Numa estação de trem, um homem arrancava as páginas do livro à medida que as lia, jogando-as numa lata de lixo próxima. Para o escritor americano, tal profanação era um sinal inquietante, a marca de uma civilização a caminho da decadência.

Também me aconselharam a acrescentar uma cena erótica com a bonitinha. Por que não uma cena de tumulto? Ou uma perseguição de carros cinematográfica? Milhares de autores pelo país afora podem proporcionar cenas de erotismo. Quero escrever um livro que os outros achem que ninguém poderia escrever. Só eu.

Eis uma história encantadora, ainda mais porque se passa em Bora-Bora. Pude reconstituí-la a partir do que me disse um amigo do livro em questão. Um rapaz à beira de um rio, lânguido e sonhador, feliz, vê um livro aberto à deriva. De onde poderia vir aquele livro, levado pela corrente como Moisés na cesta de junco? Sobrevivente de uma biblioteca após uma inundação? Jogado ao rio durante uma briga? Deixado sobre a margem e arrastado por uma brusca subida das águas? O rapaz não se interrogou por muito tempo, jogou-se no rio. Arriscando afogar-se, já que nadava mal, rebocou o livro que deslizava em direção ao mar para terra firme. Secou-o cuidadosamente e começou a ler. Por mais inacreditável que possa ser, tratava-se de *Sobre a água*, de Maupassant. Mesmo assim me pergunto se o narrador, nesse ponto, não está enfeitando as coisas.

Tenho dezenas de narrativas desse tipo guardadas na memória, mas resisto à pressão dos amigos. Quero que meu leitor fique um pouco frustrado, que no final de um capítulo ou do livro saia ainda com um pouco de fome. Meu ideal literário é Pelé, o rei Pelé. Quando lhe perguntaram por que abandonava a competição quando ainda jogava tão bem, ele respondeu: "Estou parando quando as pessoas ainda querem que eu fique. Não vou esperar que queiram que eu me vá".

É exatamente isso. Desejo que meu leitor pense: ele poderia ter escrito mais. Quero dar asas à sua imaginação. Leitor, o que lhe impede de escrever esse capítulo que lhe faz falta ou essa anedota indispensável? Mas será que você leva jeito para a coisa?

31

MINHA ÚLTIMA LIVRARIA

Existem apenas dois tipos de amor:
o amor insatisfeito
que torna a pessoa odiosa
e o amor satisfeito
que a torna idiota.

COLETTE

DOIS ANOS depois da viagem a Roma, quando Élodie se deu conta de que não poderia colar o amor rompido entre ela e Jean-Marie, decidiu vender-me. Como conhecesse Joël Audant, do Le Stand du Livre, número 54 da rue Duhesme, levou para lá um lote de livros que tinham pertencido ao ciumento anterior. Entre esses livros estava eu. Como fui passado da rue Duhesme à rue Caulaincourt, algumas centenas de metros além, para chegar à livraria La Bohème Galante mantida por Sylvie Amancy no número 50? Existia entre Joël Audant e a bela Sylvie uma ligação que conseguira permanecer secreta, uma verdadeira façanha num bairro muito amigável que, como nas aldeias, todos sabem tudo sobre todos. Eu estava a par disso porque certa noite em que ele fora se encontrar com ela no grande apartamento da rue Caulaincourt, 47, tinha me guardado no bolso. O doutor Alain Joseph, cujo gabinete situava-se exatamente abaixo do ninho de amor deles, ficava ali até altas horas da noite, trabalhando em seu romance sobre os esgotos de Paris, e deve ter farejado alguma coisa. Mas sendo um homem discreto, nada comentou. Como eu e alguns outros não saíamos da rue Duhesme, Joël propusera tentar a loja de Sylvie.

Quando vi, estava em minha última livraria. Absolutamente não me entediei. Manipulavam-me com frequência, mas não me compravam. Seria preciso uma dedicatória, mesmo falsa, para concretizar a decisão. Meu fim de vida sem leitores parecia mais triste ainda porque Sylvie me deixara por muito tempo na vitrine e minhas belas cores haviam desbotado.

La Bohème Galante era uma espécie de salão onde alguns fregueses habituais do bairro se reuniam à tarde e conversavam. Ouvi ali ótimas histórias. O pequeno e aconchegante local era também a sede do Cac 40: o Clube dos Amigos das Citações. A associação tinha apenas dez membros, um dos quais tinha a função de cuidar dos pequenos divertimentos. O número 40 significava que o objetivo era alcançar os quarenta membros, como na Academia Francesa.

Todos os dias, uma nova citação afixada na porta provocava comentários dos frequentadores. Habitantes do bairro paravam para ver o que lhes tinha sido reservado. Todas as manhãs, um lixeiro largava o caminhão e as latas de lixo por algum tempo para ir até a porta da livraria e ler rapidamente o que Nietzsche, Alain, Espinosa, Rimbaud ou Pessoa haviam escrito.

As citações eram sempre fornecidas com um texto minuciosamente verificado e referências precisas. O presidente era um maníaco na questão. Não se passava uma semana sem que ele escrevesse a um jornalista ou a um autor apressado demais para lhe apontar que o texto por ele citado não correspondia ao original, que sua citação estava atribuída erradamente, o que provocava mensagens do tipo: "Meu caro, você atribui a fórmula: 'Um livro grande é uma grande desgraça' a Voltaire quando todo mundo sabe que ela se deve a Calímaco de Cirene e que tal tradução é discutível". Ou: "Meu caro, você atribui a Léopold Sedar Senghor a famosa fórmula: 'Um velho que morre é uma biblioteca que arde', quando na realidade ela aparece nas obras de Amadou Hampaté Bâ. Aliás, a ideia é bastante contestável, já que muitos velhos morrem com o cérebro vazio". Etc.

Também escrevia regularmente sobre citações que não existem, forjadas por fulano e sicrano ou por não se sabe quem. Exemplo, aquela atribuída a Voltaire: "Não concordo com suas ideias, mas estou pronto a morrer para que você as possa defender". Fórmula fabricada por um universitário anglo-saxão que depois confessou o seu feito. Mas isso não impede que seja citada regularmente em textos de autores ignorantes, o que deixava o presidente furioso.

Sua constante admoestação aos outros tinha lá os seus riscos. Como ele estava ficando um pouco gagá e se repetia, ouvi-o contar várias vezes um pesadelo que o fazia acordar suando frio. Todos a quem fizera um sermão se reuniram para montar uma espécie de tribunal ao qual ele teria de comparecer. Tinham passado suas obras a pente-fino. As primeiras observações do tribunal foram benignas, mas, à medida que o processo avançava, ficavam mais graves. A tensão cresceu e chegou ao paroxismo quando um dos acusadores, livro na mão e dedo no texto, leu uma frase escrita pelo exigente presidente num *Guia prático do escritor:* "Romain Gary, num livro escrito depois de seu suicídio...". O acusador ironizou: "Sabíamos que Romain Gary era capaz de muitas proezas, mas escrever um livro depois de morto é demais...". O pesadelo parou ali.

Os clientes de Sylvie eram de dois tipos. Os frequentadores mais ou menos habituais, alguns de grande constância, e o pessoal de passagem, fisgado por um livro na vitrine. Certo dia entrou no local uma mulher de chapéu-de-palha enfeitado com fitas azuis. Que visão! Fiquei como um cachorro de língua de fora e continuei perturbado por semanas. Pensava ter feito o luto do encontro com a bonitinha; no entanto, bastava a cor azul associada a uma mulher bonita e eu perdia a cabeça. Tive que reconhecer que o amor me tornara vulnerável, eu que me achava sólido como uma rocha.

Mas estou contando minha vida. Sem dúvida para disfarçar ante mim mesmo uma triste realidade. Tudo isso terminou, já está bem distante.

Uma dinâmica digna de Balzac pôs-se em ação, econômica e psicológica ao mesmo tempo, e nada podia detê-la. Com a degradação da conjuntura, os negócios da livraria periclitaram. Como resultado, a própria Sylvie já não ia tão bem. Ficara irritável, zangou-se com alguns clientes e vizinhos, o que só acentuou o vazio em torno dela e diminuiu ainda mais as vendas. A dinâmica da falência e a dinâmica da depressão uniram-se numa espécie de lógica circular implacável. No final, só apareciam os fiéis que não podiam ser desenraizados dali, dentre os quais um tímido apaixonado. Os números do negócio beiravam o zero. Diante da situação, veio a falência concreta. Sylvie desapareceu, abandonando de vez livros e amigos.

A triste realidade é que estou na minha caixa. Não a caixa transbordante de esperanças do início. Por um telefonema do homem encarregado da liquidação que escutei, passei a não ter ilusão nenhuma. Dentro de algumas horas seremos embarcados num caminhão para a grande periferia de Paris. Desta vez é realmente o fim. Por várias vezes esbarrei na morte e me saí bem. Mas na situação atual, não posso exigir demais de minha estrela. Vivo o último dia de um condenado. Não há escapatória. Morte na tarde. O inelutável descarte antes do cair da noite.

32

O FIM

Um gato passando entre os livros,
Nas quatro estações amigos
Sem o que viver não consigo.
GUILLAUME APOLLINAIRE

É DURO O descarte. O pior que pode acontecer a um livro. Uma enorme máquina que nos dilacera, tritura, mói e espalha em meio a um barulho medonho. Vindo do papel, volta-se a ele. E para chegar aonde? Ao papel de embrulho ou das revistas, às vezes a outros livros. Ao livro que vai para o descarte. O mais provável é que nem chegue a nascer. Jamais saiu de sua caixa. Ou se saiu foi para voltar a ela rapidamente, com o livreiro farto de ver o livro arrastando-se por seus mostruários. A maioria só viu a luz do dia por alguns segundos, pois com as novas técnicas não há nem tempo de secar. Não é o meu caso. Vivi, confesso que vivi. Tive até direito a uns trinta leitores, de todos os sexos e idades, alguns conhecidos por vocês.

Estou agora sendo conduzido ao abatedouro. Bem perto de mim, milhares de exemplares de um apresentador de televisão, uma merda total, o que não impediu que fosse vendido. Mas o editor fez uma tiragem muito grande. Após três semanas de tambores midiáticos, ninguém mais falava dele. Em certas páginas, há apenas algumas palavras. Na página 87, sete palavras: "O único conceito metafísico verdadeiro: o buraco". Só isso.

No passado, quando se queria dizer que uma brincadeira era boba, dizia-se que era digna de um cabeleireiro ou de um caixeiro-viajante. Atualmente, quando falamos de uma frase indigna até mesmo do Vermot, podemos dizer: "Uma tirada de apresentador de televisão". Vejamos outro exemplo nesse livro do qual em pouco tempo sobrarão apenas farrapos. Toda a página 16 contém apenas as seguintes palavras: "Sou incontestável. A prova: fui testado". Apareceu na televisão, foi vendido em clube de livros. Sofro com essa promiscuidade, embora ela não vá durar muito mais.

A um operário trabalhando numa linha de montagem que se lamentava por não poder pensar, Taylor respondeu: "Você não está aí para pensar. Existe gente para isso". Imagino um editor dizendo a um campeão de judô que ele não sabe juntar três palavras, e tranquilizando-o: "Você não está aí para escrever. Existe gente para isso!". Assim como existem rótulos do tipo: "Criado pela mãe", "Criado em pleno ar", seria preciso criar um rótulo: "Escrito pelo autor".

Desta vez é o fim. Cinco caminhões antes do meu. Todos os meus leitores. Tive bons momentos. Só cinco caminhões antes do bicho-papão. Não se deve pensar no assunto. Quem teve uma bela vida não tem medo da morte. É uma loucura a rapidez disso. Apenas quatro! Vou morrer pensando na bonitinha. Em toda vida não desperdiçada só existe um punhado de minutos que valem a pena; é por causa deles que não pedimos para escrever "UFA!" em nossas lápides.

Três caminhões! Quantos minutos ainda? Você lamenta o gato que foi condenado à eutanásia. Essa coisinha morna e viva amanhã será apenas farinha animal. A morte de um livro deixa-o indiferente. No entanto, assim como o gato, ele esteve presente em sua casa. Uma casa sem livros é uma alma morta. Da mesma forma que o gato, o livro é um tesouro de vida que lhe deu alegrias. Ele chega a ser até mais humano que o seu gato; no entanto você o trata como uma coisa, menos que uma coisa. Eu vou morrer. Réquiem para minhas folhas. Eu vou morrer e não há piedade em lugar nenhum. Estou só. Vou morrer.

O último caminhão. O dispositivo basculante ergue-se. Quantos segundos? Gostaria de morrer ao som da música fúnebre e maçônica de Mozart, mas só terei direito ao sinistro rangido da guilhotina. *Five. Four.* Com o nasalado sotaque americano de que gosto muito. *Three. Two. One...*

33

O FIM (CONTINUAÇÃO)

Mas antes de abordar os futuros pomares
conceda que os mereça à borda do mar
conceda meu coração à espera do solo
conceda-me no oceano estéril
mas onde paira a promessa do abrigo
conceda-me nesse oceano mutável
a obstinação da orgulhosa canoa
e de seu vigor marinho.

AIMÉ CÉSAIRE

FIVE. FOUR. Three. Two. One... A caçamba começou a se mover, eu já estava na esteira em direção ao conduto fatal quando o negro grande que supervisionava a manobra deu um uivo e se lançou para a alavanca dando marcha a ré no sistema. Alertados por seu grito, os operários acorreram, seguidos dos chefes. Havia um corpo na máquina. Com os pés e mãos firmemente presos por uma fita adesiva e a boca fechada com esparadrapo.

Um médico vindo da torre de controle tranquilizou todo mundo: "Ele não está nada bem, mas está vivo!".

O conteúdo da caçamba foi espalhado por dezenas de metros para comprovarem que não havia mais ninguém destinado ao trituramento. O homem, só com roupas de baixo, estava sem documentos. As buscas prometiam ser longas, mas foram breves. A polícia estabeleceu um paralelismo do caso com o do editor cujo desaparecimento acabava de ocupar a mídia. Chantal Portillo, a culpada, não se escondia. Contava a todo mundo que fora ela, mas ninguém acreditava. Finalmente, diante da evidência, as pessoas acabaram acreditando.

Chantal Portillo não era uma iniciante. Começara nas pequenas editoras. Seu romance *A mulher-chuva*, publicado pelas Éditions Berenice, valeu-lhe o prêmio "Atenção talento FNAC", que a fez obter certa notoriedade. Os grandes editores começaram a se interessar. Ela conhecia seus limites e não era do tipo paranoico, como há muitos no ramo. Mas ao receber seu último manuscrito, o senhor *W*, vítima e um dos responsáveis pela editora *H*, respondera-lhe quase imediatamente e de um modo pouco digno. Isso a fizera ficar doente e até pensar em se afastar da realidade. Um dia, ainda sob o golpe dessa infâmia, ela desmaiara num ônibus. Os bombeiros tinham se mostrado tão gentis e solícitos que a tinham reconciliado com a existência.

Contudo, ela sentiu que não poderia continuar a viver com esse espinho na carne e arquitetou sua vingança. A justa punição de um editor indigno pareceu-lhe evidente: a máquina do descarte. Nada pôde impedi-la dessa decisão. Na verdade, por pouco o senhor *W* não se transformou em *papier mâché* e foi reciclado como revista pornográfica.

O processo de Chantal Portillo causou sensação. Uma associação retomou sua tradição de conceder todo ano o Tubarão de Ouro a um editor. E decidiu que o "prêmio" indicaria não o editor mais desonesto, e sim o que tivesse sido mais desrespeitoso em relação aos autores. Os editores, por seu lado, ficaram mais prudentes. Tinham compreendido que comboiar escritores para o sucesso assemelhava-se ao trabalho de Yves Montand transportando nitroglicerina no filme *O Salário do Medo.*

Mas o leitor deve se perguntar qual é o meu papel nesse caso. Eis-me na esteira do encaminhamento. O negro grande, aparentemente um bambara, olha a cena. Sempre sonhou em estudar, em aprofundar seus poucos anos do ensino fundamental. Chegando à França, espantou-se por encontrar tanta gente que desprezava o saber. Seu pequeno consolo era viver no meio dos livros, mesmo se esses estavam no fim da vida. Bakayoko – soube seu nome mais tarde – ficou estupefato. Gritei com todas as forças, do fundo de meu desespero. Será que me ouviu? De qualquer modo ele olhou para mim e então bruscamente, de modo muito rápido, pegou-me e enfiou no bolso.

34

NO PORÃO DE BAK

O que é preferível: uma felicidade vulgar ou sofrimentos elevados? Diga-me o que vale mais!

FIÓDOR DOSTOIÉVSKI

BAKAYOKO, chamado pelos amigos de Bak ou de Liston, pois se parecia com esse lutador de boxe, morava num porão na rue de Panamá, 1, não muito longe do metrô Château-Rouge. Os corretores imobiliários do 18° *arrondissement* dividem-no em três zonas: a boa, a média e a ruim. O porão de Bak encontrava-se nitidamente na que eles consideravam ruim.

Seu porão era de uma limpeza holandesa, quase maniacamente arrumado. As paredes eram cobertas de livros. Só uma pequena parte vinha do descarte. O resto fora comprado em mercados de segunda mão ou em promoções de livrarias como L'Étourdi, rue d'Orsel, ou L'Odeur du Book, rue Ramey.

A classificação obedecia a uma lógica que não era evidente para o recém-chegado, mas ele se orientava nela muito bem. Numa prateleira estavam todas as obras de Aimé Césaire, que ele não entendia porque ainda não recebera o prêmio Nobel. Um bom aparelho de som permitia escutar as músicas de seu país. A música e os amigos eram os únicos laços que ainda o ligavam um pouco à África.

Ele admirava o romance extraordinário que era o *Memórias do subsolo,* de Dostoiévski, e às vezes se perguntava se a escolha de viver num porão não se ligava àquele texto. Entretanto, parecia-se pouco com o personagem-narrador. Nada reivindicativo nem amargo, ele apreciava certos aspectos positivos do país que o acolheu. Na África, seus irmãos dizem que "os brancos são numerados", para exprimir a ideia de que o estado civil é preciso (e não aproximativo, como na África), mas também porque, apesar de todas as críticas possíveis no que tange à Europa, o último dos últimos continua sendo um ser humano protegido pelo Estado de direito. Não se pode dizer o mesmo na África de hoje.

Vivendo com economia, ele podia enviar a metade do salário à sua região, o que ajudava umas vinte pessoas a saírem da precariedade e a mandar para a escola algumas crianças.

Ficamos oito dias nesse porão e conseguimos estabelecer uma troca de um tipo especial, já que nos compreendemos com meias-palavras e até sem falar.

Quando evoquei o senhor de Scientrier e o comércio do livro raro, Bak ficou estupefato ao saber que o preço de um livro de duzentos gramas equivalia à alimentação de sua aldeia durante vinte anos. Que homens sem outra aptidão que a de explorar seus semelhantes podiam devorar numa refeição o alimento de cem famílias.

Eu lhe falei dos livreiros de alto nível que tinham ido passar um fim de semana em Nova York, de Concorde, para esconder um pouco de dinheiro do fisco e se exibir. Ele disse que os brancos tinham realmente enlouquecido. Se contasse isso na aldeia, achariam que estava doido.

Sempre sonhara estudar, aumentar o conhecimento que recebera em alguns anos de ensino fundamental. Chegando na França, essa França que idealizara excessivamente, espantou-se por encontrar tanta gente que desprezava o saber. Seu consolo era viver no meio dos livros, mesmo em condições muito especiais, e salvar alguns da morte.

Em suma, apesar de sua solidez psicológica e do que considerava bom em seu país de adoção, ele começava a se cansar desse mundo onde os livros são destruídos aos milhões, onde se desprezam os escritores (a não ser quando ganham muito dinheiro), onde a vida não conta. Por isso os acontecimentos que vou contar o deixaram indiferente.

Ele saía cedo para trabalhar no distante subúrbio sul e voltava tarde. Passávamos uma boa parte da noite debatendo e estávamos bem satisfeitos com essa vidinha. Até o dia em que a polícia apareceu. Sem esforço, aliás, porque ele deixava a porta aberta. Um dos chefes o vira pôr um livro no bolso. Ora, na Triturem, cuja única função é destruir mais de cem milhões de livros por ano, os funcionários não podem ficar com livros.

Num primeiro momento os policiais foram agressivos. Na opinião deles, era evidente que as centenas de livros vinham todas do descarte, e as negativas de Bak pareceram ridículas. A situação do infeliz agravou-se mais ainda quando descobriram que ele trabalhava com os documentos de seu irmão. Estava frito.

Graças à intervenção de Olivier Sage, um antigo diretor do Quai des Orfèvres, um homem culto que escrevia e pintava nas horas vagas e que foi até o local mais por curiosidade que por obrigação, as coisas arrumaram-se. Além do que, Bak não se opôs a um procedimento de expulsão. Olivier Sage conseguiu que deixassem Bak em paz e que ele pudesse conservar todos os livros até o embarque.

Estou agora na mesinha do avião que nos leva à África. O Airbus 380 ronrona enquanto Bakayoko me lê, na verdade relê. Penso nesse novo destino que se anuncia. Ele tem razão. A velha Europa não acredita mais na cultura que fez sua grandeza e sua força. A palavra "intelectual" tornou-se uma injúria. A África acredita nisso, na cultura, na poesia, no livro. O único lugar do mundo onde um poeta se pode tornar presidente da República – quase único, sei que há Vaclav Havel, Juan Bosch... –, onde é possível fazer um programa de rádio de audiência nacional unicamente sobre poesia.

Bak diz-me que há bibliotecas de rua como há crianças de rua – são chamadas de bibliotecas no gramado. Talvez eu vá parar numa delas. O engraçado é que ele só trouxe um livro, justamente aquele que provocou sua infelicidade. Talvez tenha encarado o incidente como uma sorte. De qualquer modo, eu tive sorte.

Já estamos sobrevoando o deserto. Os traços dos rios de outrora são visíveis sobre as areias cor de ocre. Houve um tempo em que essas regiões de hoje eram verdejantes, com rios frescos e palmeiras ondulando na brisa. Estou ficando lírico. É verdade que me sinto renascer. Viajo para um país onde não se destroem os livros. Corramos à África com animação!

35

ALÉM DAS TREVAS

Para ti refaremos Gana e Timbuctu
E as guitarras habitadas por galopes frenéticos
Em batidas sonoras de pilão
Golpes
Fulgurantes
No céu pressentido.

DAVID DIOP

DURANTE TODA a estada na capital continuamos a viver em perfeita simbiose. Eu estava sem dúvida muito interessado em seu monólogo interior. As coisas começaram a mudar quando tomamos o caminho da aldeia.

A viagem começou pela estrada, num táxi coletivo, um "Que se dane a morte", como são chamados aqui, o que já é em si um programa. De diferentes modos e progressivamente, a África retomava posse de Bak. Inicialmente os odores. Para dizer a verdade, antes de sua partida para a França, ele não sentia mais esses cheiros, de tal modo se acostumara com eles. Mas agora os distinguia um a um: o odor de molho de sementes, de *chutney*, de peixe defumado, de frango frito, de fritura – bananas ou sonhos –, de carvão de lenha, pimenta, patchuli, ilang-ilang, decomposição vegetal, terra molhada, odor de queimado do molho gonmala. A alimentação também. Ele permanecera fiel ao arroz, que continuara sendo a base de seu cotidiano, mas tinha rompido com o inhame, com a mandioca, com o milho e com o leite, com os quais tornava a se acostumar agora. Encontrava em todos os que o rodeavam uma atitude esquecida de seu corpo. E mais que tudo, um modo de rir. Esse grande riso a plenos pulmões, não um riso de salão e sim o grande riso africano sobre o qual Bernard Dadié se expressou tão bem em *África em Paris*.

Um riso, aliás, não tão simples quanto se poderia pensar. Uma noite, na aldeia, ele tinha assistido a uma cena que lhe lembrara o que os manuais diziam sobre o nascimento do teatro grego, com um único protagonista e um coro. Vinda da vila, uma mulher contava a morte do filho enquanto o marido se calava. De vez em quando saía da obscuridade um comentário que, ora sim, ora não, desencadeava hilaridade. Vendo aquilo, um branco acharia estar no meio de retardados. O riso africano, porém, tem relações misteriosas com o trágico e pode traduzir bizarramente um mal-estar. Talvez seja, com a dança, um meio de resistir.

Assim como, nas situações limites, o veneno. Os japoneses, que lá tinham implantado uma usina têxtil, querendo transferir seus métodos para ela, receberam pelo correio pequenos caixões. Isso deve tê-los obrigado a uma reflexão. Um agricultor vindo da Indochina não teve tempo de entender que entrara num outro mundo; um câncer fulminante no pâncreas pôs fim a seus projetos.

A resistência ao colono nem sempre tinha essa feição trágica. Ele gostava muito da resposta das camponesas a quem os missionários queriam obrigar a usar sutiãs: "Não somos prostitutas!". A partir de então os sutiãs se impuseram, pelo menos nas novas gerações, mas o islã não conseguiu que adotassem o véu.

Quando saímos da estrada para subir novamente o rio, primeiro de barca e depois de canoa, o domínio da África tornou-se totalmente poderoso. Então ocorreu um fenômeno bizarro. Pouco antes de sua expulsão, Bak tinha visto *Congo River*, o extraordinário documentário de um diretor belga. Agora essa remontagem de imagens da nascente do Congo e a nova subida em direção à aldeia misturavam-se nele.

O filme tinha algo de desesperador porque sancionava todas as ideias recebidas dos brancos sobre a África. Beleza e imensidão das paisagens, mas a África como um fantástico bordel no sentido da desordem, o puro e simples desaparecimento do Estado para dar lugar à anarquia, o desaparecimento também de tudo que os colonos tinham deixado: as estradas, as ferrovias, a sinalização do rio, os serviços de saúde nas aldeias, a universidade de agronomia. A natureza retomava implacavelmente seu domínio. A feitiçaria presente em toda parte, mesmo na religião. A loucura dos ditadores. A barbárie ligada à guerra. O trecho sobre a violação de uma garota de seis anos era insustentável e deixava o espectador com vergonha de ser um homem.

Entretanto, havia no filme alguns clarões de esperança. O capitão do comboio de barcas que dizia não se guiar pelos fetiches e divindades da água, mas apenas "pelo cálculo e pela Bic". O médico feliz de ter visto finalmente aparecer um sorriso no rosto de uma moça atacada por soldados. Sobretudo o homem responsável que, sem esperar socorro de ninguém, pusera-se a limpar e consertar a ferrovia deixada pelos belgas, invadida pela floresta. Nenhum trem passava por lá há seis anos. Nenhuma chance de passar algum no futuro. Mas o homem agia como se isso fosse ocorrer.

Bak dizia a si mesmo que a cena sem dúvida contribuíra para sua despedida da Europa. Começava a ficar farto de seus irmãos sempre prontos a achar desculpas. Sim, a França apoiara Bokassa e Mobutu e apoiaria outros futuros ditadores. Os Estados Unidos faziam o mesmo a cada vez que os tiranos prometiam ordem e liberdade do comércio. Os chineses não ficavam atrás. E então? Eles defendiam seus interesses, ou o que consideravam seus interesses. Apoiando-se nos "nativos", o que não era novidade. No cerne do ignóbil comércio dos escravos achavam-se etnias escravagistas. Pouco numerosos, os brancos teriam tido muita dificuldade em buscar os escravos no interior das terras. Seus barcos esperavam pacificamente ao largo que aqueles lhes fossem trazidos. A demanda intensificara as razias no interior do continente, mas aproveitando a colaboração de uma parte da população. Sim, era necessário que a África tomasse seu próprio controle nas mãos sem buscar desculpas fora dela. O esquema do novo milênio é o mesmo que no tempo da escravidão. Os que impõem à África sacrifícios onerosos apoiam-se nos "nativos". Às vezes é de se desesperar. Pensava naquele que durante trinta anos tinha feito uma oposição sem falhas a um potentado, encarnando as esperanças de seu país e até de toda a África negra. Chegando ao poder, ele fizera exatamente o que tinha condenado – e pior ainda.

Tinha-se que conservar o melhor da Europa e abandonar o ruim, como essa embriaguez de competição que se inicia no jardim de infância. Bak gostava de lembrar-se da anedota que me contara em seu porão porque ilustra maravilhosamente a diferença dos dois mundos. Um artesão, inspirando-se no que tinha visto entre os brancos e em catálogos, fabricava magníficos móveis de palhinha. O preço de venda (150 euros – ou cerca de 100 mil CFA, franco usado nas ex-possessões francesas da África) era ridículo, dada a abrangência do trabalho. Sensível à qualidade desse trabalho, um homem branco entrou em contato com o artesão e negociou o preço. Resposta: 200 mil CFA a unidade. O branco discute: "Não entendo. Cem, se você faz um. Duzentos se você faz uma dúzia! Por atacado, devia ser menos caro". A resposta do artesão mostrava a diferença entre os dois mundos: "Quando faço um, eu me divirto. Mas se tenho que fazer doze, eu me entedio".

Quanto mais nos aproximávamos da aldeia de Bak, mais eu entendia que a ruptura com a Europa era definitiva no que dizia respeito ao seu desejo de fazer pelos seus, em seu pequeno nível, sem recriminações e sem contar com ajudas hipotéticas

Durante a estada dele na França, uma imagem nunca o deixava: o clarão da lâmpada Pétromax ainda visível a muitos quilômetros de distância. Explico: a lâmpada Pétromax, que funciona a petróleo sob pressão, emite uma luz muito viva. Antes de sua partida para a França, Bak havia participado de uma campanha de alfabetização em zonas não urbanizadas. As sessões ocorriam à noite com a ajuda dessa lâmpada iluminando a tela.

Quando deixou a aldeia, do Land Rover ele registrou esse clarão na noite. Disse a si mesmo que se havia um fulgor de esperança para a África, estava ali. E não na nostalgia, nas recriminações ou nos discursos um tanto repetitivos sobre a negritude. A esperança estava ali. No envolvimento de cada um e na instrução. Lembrava-se de um debate em que alguém interviera: "O imperialismo começa quando, numa escola em local remoto, ensina-se que dois e dois são quatro". Ele lhe tinha respondido com muita pertinência: "Sim, mas para lutar contra o imperialismo, é preciso começar a aprender, numa escola remota, que dois e dois são quatro".

Só consigo exprimir o aspecto intelectual de sua transformação, mas ela era orgânica. Prendia-se mais às sensações que às ideias; estávamos quase num caso de possessão. Senti que eu estava perdido depois de uma tempestade. Bak tirou os sapatos e começou a andar no solo vermelho e úmido, fazendo-o jorrar entre os artelhos, novo Anteu retomando contato com a terra.

Dias depois subíamos novamente o rio – o tempo também toma outra dimensão – e a fusão entre nós desapareceu. O momento crucial que sinto vir desde que deixamos a capital se aproxima.

Estamos ali. Ele me tira de sua bolsa, põe-me de lado, pega-me novamente, põe-me de lado. As coisas começam a se deteriorar verdadeiramente, pois ele me segura com dois dedos acima da água, por muito tempo, de qualquer modo tempo demais para o meu gosto. Depois muda de opinião, aproxima-me dele e num gesto circular lança-me longe. A canoa desliza para a frente. Ele não se vira. Flutuo por um momento sobre a lombada, as páginas abertas sob o céu azul; depois elas se embebem e afundo docemente. O gesto de Bak é o seu modo de romper as amarras com a Europa. Destino bizarro. Vou ser engolido por essa África na qual tinha posto todas as esperanças. Já estou submerso, numa água quente e lamacenta que mancha minhas páginas. Já estou no lodo. Então era essa a resposta de como você viria... Vou me decompor para reviver em elementos primários nas árvores do rio. A sombra se adensa. Nenhum medo. Apenas um deslizar doce, uma leve euforia. Quase a noite. Não tenho medo.

OBRIGADO AMIGOS

N — DENIS MAUGENEST
YVES STALLONI
FRANÇOISE SACLIER
JEAN-MARC SAVOYE
PIERRE LANDRY
JEAN-MARIE RENAUD
MICHEL POUGEOISE
FRANÇOIS BOUSQUET
JACQUES AUZOUX — L
CÉDRIC MALÉCOT
PATRICK CAUVIN
JOËL AUDANT
STÉPHANE PADOVANI
CHRISTIAN VELLAS
GENEVIÈVE VERDELHAN
JEAN-MICHEL PLATIER
GÉRARD CELLI — S
MARC SCHWEIZER
FRANÇOIS DE BORDAS
INZA TOURÉ
JACQUES DEMOUGIN
JACQUES T. QUENTIN
PIERRE CHALMIN
MARTINE MAUDET
O — YVES FEUGEAS
MARC PESSIN
LUCIEN DESALMAND
JEAN-PIERRE DAUTUN
JEAN-BAPTISTE FÉLINE
DORIAN TORT
ALBERT DERASSE
IRÈNE DELSE

NASCI EM 27 DE FEVEREIRO DE 2011,
DAS MÁQUINAS DA GEOGRÁFICA,
EM SÃO PAULO.
FUI COMPOSTO PELA OFICINA DAS LETRAS
PARA A EDITORA OCTAVO
COM AS SEGUINTES CARACTERÍSTICAS:
FORMATO: 21 cm. X 14 cm.
PESO: 245 GRAMAS
NÚMERO DE PÁGINAS: 176
FONTE: BOOKMAN OLD STYLE
CORPO: 11,5
PAPEL: PÓLEN DE 80 GRAMAS